# 復讐の狼姫、後宮を駆ける

高井うしお Ushio Takai

ALPHAPOLIS
WEB CITY SINCE 2000
アルファポリス文庫



https://www.alphapolis.co.jp/

# 目次

# 復讐の狼姫、後宮を駆ける

# 第一章

——その人はいつもどこか遠くを見ていた。

北方の草原にある騎馬民族の国、叶狗璃留《トゥグリル》。その蒼天の下、夏の青々とした草地に白い馬がいた。

「こらこら、そっちじゃない。ソリル！」

その背に跨がるのはまだ幼さの残る少女だ。長い髪は艶《つや》やか、色素の薄い瞳は日の光を受けて金のように輝いている。ぐっと強引に手綱を引いて、調教の終わっていない荒馬を操ろうとしていた。

「リャンホア、まだお前には無理だよ」

「そんなことないわ、兄様。ソリルは父様から貰った私の馬よ。私が調教してみせる」

少女をリャンホアと呼んだのは、叶狗璃留《トゥグリル》を束ねる八氏族のひとつ斗武南《トムナム》氏の王子バヤルだ。妹姫に食いつくように言い返されて、バヤルは肩をすくめる。

「では、剣の稽古《けいこ》はナシだ」

「そんな！　今すぐ降ります。それでいいでしょ、兄様」

リャンホアは慌てて馬から降りた。そんな妹の姿に、バヤルは思わず苦笑した。

「調子のいいやつだ」

「うふふ、それより約束忘れないでね。兄様から一本取ったら、その琥珀《こはく》の指輪をくれるって」

「ああ、叶狗璃留《トゥグリル》の男は約束を違《たが》えぬ」

「やったぁ！」

リャンホアはいそいそと馬を繋ぐと、稽古《けいこ》用の剣を手にする。そしてそのまま隙を突いてバヤルに振り下ろした。

「兄様、覚悟！」

「甘い。そんな大振りでは胴体がガラ空《あ》きだ」

未熟なリャンホアの太刀筋はすぐさま弾かれた。その後何度もリャンホアは剣を振ったが、ただの一度もバヤルに届くことはなかった。

「はぁ……はぁ……。悔しい……」

息を切らして草の上に大の字に転がるリャンホアの横に、バヤルも座る。

「まだまだ、だな」

「いつかきっと、兄様から一本取ってみせるから。約束よ……」

「ああ、待っているよ」

バヤルはそう言って、負けん気の強い妹の頭を優しく撫でた。

……しかし、その約束は果たされることはなかった。その夜、兄バヤルは何者かに殺害されたからだ。

「嘘よ！　バヤル兄様が死ぬわけない！」

「姫様！」

信じられない知らせに、叫びながら取り乱すリャンホアを、侍女のアリマが必死で押さえる。

「嘘よ……」

掠《かす》れ、震えた彼女の声が真っ暗な草原の空に溶けていった。

＊＊＊

バヤルは暗殺されたのかもしれない、と噂された。武勇を尊《たっと》ぶ騎馬民族の国、叶《トゥ》狗璃留《グリル》の氏族長の子息たちの中でも、際立った勇壮の士として知られたバヤル。その彼が背中から短剣でひと突きにされたのだ。

「これは、まさか『旺《おう》』の手の……」

「こら、滅多なことを言うんじゃない」

軽率に口にした者に叱責の声が飛ぶ。旺はこの草原から南一帯を支配する帝国の名だ。叶狗璃留《トゥグリル》は旺との長きに亘《わた》る争いの末に、今はその属国となっている。

「バヤルの天幕からは宝物である白銀の狼の毛皮が盗まれていた。ただの盗賊かもしれないのだぞ」

「だが刺さっていた短剣の柄の文様は旺のものだ」

人々に不安と動揺が広がり、様々な憶測が飛び交う中で葬儀は行われた。

「……」

リャンホアは青ざめた顔で、悲嘆に暮れ慟哭《どうこく》する母に寄り添っていた。バヤルの死は自分にとっても身が震えるほど悲しいはずなのに、なぜか涙が出ない。リャンホアの顔は強張り、胸にぽっかりと穴が開いたような気持ちで、絶えることのない弔問の列を眺めていた。

「お呼びですか。父様」

数日に亘《わた》る葬儀を終えた後、リャンホアは父に呼び出されてその天幕を訪れた。

「そこに座りなさい」

重く、低い声で父はリャンホアに命じた。期待の跡取り息子を喪《うしな》った父の顔はやつれ、目の下に濃い隈が浮かんでいる。父の側にリャンホアが座ると、目の前に一枚の紙が差し出された。

「……これは旺の文字？　読めません、お父様」

「『蓮花《れんか》』と読む。お前の新しい名だ」

「……え？」

父の唐突な言葉にリャンホアは思わず聞き返した。そんな彼女に向かって父は言葉を続ける。

「八氏族の合議により、お前の旺への輿入《こしい》れが決まった」

「輿《こし》……入《い》れ……」

「そうだ。お前も知っているだろう。バヤルは旺との融和派の若手筆頭だったが、あやつの死によってそれが揺らいでいる。バヤルの死に反発した者が、一部の過激派に転じたとも聞く」

そう、今は亡き兄バヤルは旺の文化を積極的に取り入れ、この叶狗璃留《トゥグリル》の繁栄に繋げようとしていた。以前から、物珍しい異国の話をリャンホアにもいくつも教えてくれていた。

「そんな、それでは……」

バヤルの志《こころざし》が潰《つい》えてしまう、とリャンホアが息を呑むと、父は床に手を突き娘に向かって頭を下げた。

「すまぬ！　斗武南《トムナム》氏の族長として、旺との和平を揺るがすわけにはいかぬ……。リャンホア、お前に思うところはあるだろうが、この話を呑んでくれ！」

それは見たこともない父の姿だった。いつも厳《いか》めしい顔をした無口な父が、自分に頼み事をするなんて。それだけのことが起こっているのだ、と彼女は感じた。

「……顔を上げてください父様」

「リャンホア」

「蓮花、ですよね」

「……」

旺の手の者がバヤルを殺した、と噂をしていた誰かの声が頭を掠《かす》める。だけれど……いや、だからこそ、自分は旺へ向かうべきなのかもしれない。

「父様。この話、お受けします。……私は旺に嫁《とつ》ぎます」

リャンホア――もとい蓮花は静かに、そしてきっぱりと父に答えた。

＊＊＊

それからバヤルの喪が明けるまでの三年間、蓮花は旺語の読み書きを徹底的に学んだ。その間に嫁入り仕度は着々と行われていく。そうしてついに旺からの迎えが到着する日がやってきた。

「姫様、外へ！　お迎えがやって参りました」

晴れ着に身を包んだ蓮花はアリマの声に、珊瑚《さんご》や瑪瑙《めのう》の玉飾りを揺らしながら顔を上げ、天幕の外に出た。真昼の日差しに一瞬目がくらみ……薄目を開けると、赤い覆いの馬車と騎馬の部隊、そして荷馬車の一団がゆっくりとこちらに向かってくるのが見える。

たその指輪は兄バヤルの形見。これを見て、バヤルはよく蓮花の瞳のようだと言っていた。

「兄様……とうとうこの日がやって参りました」

蓮花は呟き、紐をかけて首から吊るした指輪をそっと撫でた。大きな琥珀《こはく》のはまっ

「私は行きます」

蓮花は旺の一団に向かって進み始めた。

「旺の皇子、顕王《けんおう》一同、蓮花王女をお迎えに参上いたしました」

「ご苦労」

蓮花の父が先触れに頷き、先頭の馬車に向かって声をかけた。

「旺の皇帝が五の皇子、顕王殿。斗武南《トムナム》氏の族長シドゥルグと申す。この度《たび》は我が娘、蓮花の親迎のため、遙々《はるばる》と当地までお越しいただき、誠に……」

「あぁ、良い良い。そういうのは」

蓮花の父の挨拶が終わらないうちに、中から背の高い青年が出てきた。

「花嫁を迎えに来た。どこだ」

そう言ってぐるりとあたりを見回す。どうやらこの青年が蓮花の夫となる旺の皇子らしい。すっとした切れ長の目が印象的な、見惚れるほどの美丈夫だ。しかし……

「あの……私です」

蓮花は戸惑ったが、おずおずと手を挙げた。

「お前か。ふむ……」

旺の皇子はじっと蓮花を見た。

「俺は旺の五皇子、劉帆《りゅうほ》だ」

「わ、私は蓮花……です」

「へぇ、叶狗璃留《トゥグリル》の女は初めて見たが、なかなか可愛いじゃないか。良かった、牛みたいのじゃあなくて」

「牛……？」

「ははは！　冗談だ」

この無礼で軽薄な男に自分は嫁《とつ》ぐというのか。蓮花は信じられないものを見る目で劉帆と名乗った皇子を見た。

「さぁ、我々は一休みといこう。シドゥルグ殿、案内を頼む」

劉帆はぷいと横を向くと、スタスタと目の前から去っていく。蓮花は身の内に言いようのない苛立ちが込み上げてくるのを堪《こら》えていた。

皇子の一団は一晩、集落に留まり、翌朝に蓮花を輿《こし》に乗せて旺の帝都まで向かうという。

「リャンホア……蓮花」

「母様？」

蓮花がもやもやしながら劉帆の背を見つめていると、母が声をかけてきた。

「これを持っていきなさい」

「これは……大事な金毛の狼の毛皮じゃないの」

母が差し出したのは、バヤルの天幕から失われた白銀の狼と番《つがい》の狼の毛皮であった。

「いつでも、この草原の風を感じられるように……。どんな嫁《とつ》ぎ先でも苦労はあるものです。旦那様によくお仕えしなさい」

「はい……」

蓮花は母から手渡された毛皮を受け取る。すると母は涙を浮かべて蓮花をぎゅっと抱きしめるのだった。

「――姉様！」

「元気でね、みんな。父様と母様の言うことをよく聞いて、立派な大人になりなさい」

翌日、離れがたいとまとわりつくまだ幼い弟妹たちにそう言い聞かせる。

「……よろしくお願いいたします。顗王様」

「劉帆で構わん。よし、出せ！」

「はっ！」

馬が嘶《いなな》き、馬車がゆっくりと動き出す。

こうして蓮花は故郷、叶狗璃留《トゥグリル》の地を後にした。

＊＊＊

叶狗璃留《トゥグリル》と旺との和平の架け橋と期待される、蓮花を乗せた馬車は草原を進む。故郷から供をするのは侍女のアリマと愛馬のソリルだけだ。

「ふう……」

まさか自分の夫になる男が、あんな人物だとは思わなかった。蓮花は嘆息して、馬車の覆いをそっとめくった。すでに蓮花のいた天幕は遠くなっている。

「姫様……」

そんな蓮花の様子を、侍女のアリマは心配そうに見つめている。蓮花より少し年上の彼女は、これまでもまるで姉のように寄り添ってくれていた。主の身に降って湧いた今までの出来事は、アリマにとっても我が事同然に悩ましいものであった。

「あの……私、昨晩夢を見たのです」

気まずい沈黙の中、アリマは指先をいじりながらぽつりと漏らした。

「夢……？　ああ……」

その言葉に蓮花は外から視線を戻し、アリマを見た。アリマが夢の話をするのはこれが初めてではない。彼女の祖母は一族の巫者《ふしゃ》であり、その話を聞いて育ったためか、はたまた血筋のせいか、たまにこのような話をするのだ。

「夢で私は鳳凰《ほうおう》が降り立つのを見ました。姫様は皇后となって、旺も叶狗璃留《トゥグリル》も共に栄え世は太平となるのです」

「馬鹿なことを……私が輿入《こしい》れするのは第五皇子なのよ？　ありえないわ」

「だとしても、吉兆です。きっといいことがありますよ」

「ならいいけどね……」

だが相手はあの皇子だ。蓮花は隣を進む劉帆の馬車を睨みつけた。

たとえ旺に嫁《とつ》いだとしても、蓮花はバヤルのことを忘れたりなどしない。もしも本当にバヤルを殺したのが旺の人間であったのなら……蓮花は拳をぎゅっと握りしめる。

──その時、馬車がガクンと揺れた。

「何⁉」

蓮花が慌てて外を見ると、焦った様子の兵士がこちらに駆け寄ってきた。

「中にお入りください！　盗賊に襲われております！」

「……分かったわ」

蓮花はそう口にしつつ、言葉とは裏腹に立ち上がった。

「姫様、ちょっと！」

「大丈夫！」

口元に手をやると、蓮花は指笛を吹いた。

「ソリル、おいで！」

すると手綱を握っていた人間の手を振り払い、白馬ソリルがこちらに走ってくる。

蓮花は馬車から身を乗り出し、ひらりとその背に跨がった。

確かに武装した男たちが、隊列の先頭でやり合っているのが見える。

蓮花はソリルの手綱を引き、前方へと駆けた。

「叶狗璃留《トゥグリル》の者がいる隊列を襲うとは、身の程知らず。後悔させてあげましょう！」

そのまま馬上で弓を構える。キリキリと弦を引き絞り矢を放つと、それは見事に盗賊の首に突き刺さった。

「……ぎゃっ」

突然の射撃に幾人かが振り返った。そして、それが護衛しているはずの皇子の花嫁の手によるものと知ると彼らは目を疑った。

「ほら、よそ見は命取りよ！」

蓮花は人馬一体となってさらに弓を放つ。次々と盗賊たちが倒れ、その度《たび》に金の耳環が揺れる。兄バヤルを喪《うしな》ってからずっと、蓮花は騎射も剣術も欠かさず鍛錬してきた。

「さぁ！　かかってきなさい」

蓮花は勇ましく、ならず者たちを挑発した。絹と簪《かんざし》で着飾った若い女の声に、頭に血が上《のぼ》った愚か者が突進する。だが蓮花からしてみればいい的である。彼らは鋭い矢の一閃に射貫かれ、討たれていった。

「すごい……」

年若い兵士はそれを見て息を呑む。まるで荒ぶる狼だ、と。疾《はや》く、鋭く相手の喉笛を噛み切るような、容赦のない動き。

「――危ない！」

ギイン、と彼の目の前で刃が弾かれ、火花が散った。

「戦いの最中よ！」

弓の射程から外れて近接した蓮花は、今度は剣を引き抜いて盗賊に斬りかかった。

兵士は見惚れていた自分に気付き、慌てて己の剣を握り直す。

「……大丈夫？」

「は、はい！　申し訳ございません。あ……血が……」

蓮花の顔と胸元に血がついている。蓮花は無表情のまま、ぐいっと顔の血を拭《ぬぐ》って答えた。

「……私の血じゃないわ」

「はぁ……」

蓮花は剣を振って血しぶきをふるい落とすと、あたりを見回した。

「あらかた倒したようね。先に進みましょう」

一切取り乱さず、白馬を引いて輿《こし》に戻っていく蓮花の姿を見て、兵士はぶるり、と身を震わせた。

「あぁ、洗って落ちますでしょうか。こんなに汚して！」

「ごめんなさい」

輿《こし》の中で蓮花はアリマの小言を聞いていた。ちらりと隣の皇子の馬車を見たが、覆いの中は窺い知れない。この騒ぎに彼は馬車の中で震えていただけなのだろうか。

蓮花はまたため息をつく。そんな重苦しい思いを抱えながらも、隊列は順調に草原を進んでいった。

＊＊＊

草原を抜けると、道には木々が増えていった。聞いたことのない鳥の声を聞きながら、蓮花は馬車の中で膝を抱えていた。

叶狗璃留《トゥグリル》の姫として、後ろを振り返るような真似はしてはいけない。そう思うのに、土地の匂いが変わっていくうちに不安が増していく。だけど、そんなことは口に出来ない。それが侍女のアリマ相手だとしても。きっと彼女だって同じ気持ちだろうから。

そんな風に悶々《もんもん》と考えに捕らわれていると、ぴたりと馬車が止まった。

「……どうしたの？」

「街に着いたそうです。今日はここに宿をとってあるとか」

「ああ、そう……」

蓮花は思い詰めていたせいか、街に入ったことにも気付いていなかったようだ。

泊まるのはこの街一番の大きな宿。蓮花たちが通された部屋は新しく、手入れの行き届いた部屋だった。

「うーん」

蓮花は乗り物の中で縮こまらせていた体を、両手を上げて伸ばす。馬車に揺られてゆくこの旅は、彼女にとって窮屈なものだった。迎えが来なければ、狩りや街見物をしながらゆっくり旺に向かえるのに、と思うが、花嫁を迎えに行くのが旺の風習らしい。

「しきたりが多くてややこしいわ」

しかし、慣れるしかない。これから蓮花が生きる世界はそういうものなのだから。

そう思いつつ蓮花は窓の下に目を落とす。宿の外にたむろっているのは、付き添いの官吏たちだ。まだ日は高いが、まもなく暮れたら酒場にでも繰り出そうというつもりだろうか。

「いいな……」

蓮花はちらりと荷物の整理をしているアリマを見た。

「ねぇ、アリマ。ちょっとお願いがあるんだけど」

「はい……?」

「私、お風呂に入りたくなっちゃったなぁ」

「こんな時間からですか? あぁ、でも疲れましたものね」

アリマは一瞬ぽかんとしたものの、すぐに納得した様子だ。蓮花はひっそりと心の中でほくそ笑む。

「そうなの。だから下でお湯を貰ってきてくれないかしら」

「かしこまりました」

アリマが出ていく。お湯を沸かして風呂の仕度をするまでにしばらくかかるだろう。これで蓮花は一人だ。扉が閉まるのを見て、そーっと荷物の中からアリマの服を取り出した。そして、そそくさとそれに着替えると、扉を開ける。左右を確認して、誰もいないと確かめ、蓮花は宿の裏口から街に出ていった。

「ふふん、私だって何か買い食いでもしちゃお」

大通りは人でごった返している。仕事を終えた人、買い物の人、旅人と様々だ。

「そうねぇ」

初めての街は何がどこにあるか分からない。蓮花は勘を頼りに通りを歩いた。すると賑やかな市場に辿り着く。

「うちの麺は絶品だよ」

「銀細工が色々あるよ。見事な細工だ、見ていって！」

様々な呼び声に、蓮花はわくわくして店先を冷やかしていく。

「そこの奥さん！　そろそろ店じまいだ、安くしておくよ」

中にはじきに市場が閉まるのを見越して、そんな風に手を叩いている者もいた。きっと帰りの荷物が重くなるのが嫌なのだろう。買い物上手な奥方は、その声に早足で店に向かっていく。その様子をくすくす笑いながら見ていた蓮花にも、声がかかる。

「お嬢さん、飴はいかが。美味しいよ。お代は試して気に入ったらでいいよ」

「いただくわ」

蓮花は渡された飴をひとつ口にする。優しい甘さの中にほんのりと独特の香りがある。

「美味しい。おじさん、一袋ちょうだい」

旅路のお供に丁度良いと思い、蓮花はひとつそれを買い求めた。

「こんなのもあるよ」

飴屋のおやじが蓮花に見せたのは飴細工だった。飴で可愛らしい人形が形作られている。

「まぁ、すごい。どうやって作るの」

「飴が熱いうちに吹いたり、ひねったり。まぁ素人《しろうと》では無理だね」

「へぇ、じゃあこれもひとつ」

蓮花はどこかとぼけた顔をしているひよこの飴を買った。この顔つきでアリマのことを思い出したのだ。今頃、宿を抜け出した蓮花に気付いてへそを曲げているだろうから、土産《みやげ》に丁度良い。

「そろそろ帰ろうか」

ころころと口の中で飴を転がしながら、蓮花が大通りに戻ろうとすると、急にぐっと服を引っ張られた。

「……おかあちゃん」

「えっ⁉」

見れば小さな男の子が、蓮花の服を掴んで立っていた。

「おかあちゃんがいない……」

「どうしたの、迷子？」

蓮花が声をかけると、男の子は涙を浮かべ、しくしく泣き出した。その泣き声はどんどん大きくなる。

「えっ、あっ。どうしようかしら……」

とにかくこの子の母を探さなくては。しかしこんなに泣いたままでは話も聞けない。

「そうだ。ぼうや、いいものがあるのよ」

蓮花は手にしていたひよこの飴を男の子に差し出した。男の子はじっとそれを見つめると、にこっと笑って受け取る。蓮花はほっとして、ようやくあたりを見回した。

「さぁ。お母さんを探しましょ、ぼうやお名前は？」

「小雲《しょううん》」

「そう、良い子ね。小雲！　小雲くんのお母さんはいませんか！」

蓮花は大声を上げつつ、小雲の手を引いて通りを歩いたが、足を止める人はいない。

「もういいよ。おかあちゃんはぼくをおいていっちゃったんだ」

小雲が歩き疲れて泣きべそをかきながらしゃがみ込んだ。

「こら！　そんなはずないでしょう」

「でも……」

小雲の目にまた大粒の涙が浮かんだ。その時だった。

「小雲！」

悲鳴のような声に蓮花が振り返ると、青ざめた顔の女性が駆け寄ってくる。

「ぼうやのお母さんですか？」

「ええ！　ああ……人さらいにでもあったのかと……」

女性は小雲をぎゅっと抱きしめ、そして何度も何度も蓮花に頭を下げて去っていった。

「良かった……」

アリマへのお土産《みやげ》はなくなってしまったけれど、と蓮花はほっと胸を撫で下ろす。

だが次の瞬間、周りの風景を見て蓮花は呆然とした。

「ここ……どこ……？」

元来た道が分からなくなっていた。闇雲に通りを捜索したせいだ。

「えーっと、こっちだったかしら」

うっすらした記憶を頼りに道を探しながら、蓮花は宿に帰ろうとした。しかし、行けども行けどもあの大通りに辿り着かない。そのうちにだんだん日が暮れてきた。

「どうしよう……」

ぽつりぽつりと通りの灯籠《とうろう》が点《と》り出す。

いつの間にか蓮花はやけに人通りの多い通りに入り込んでいた。

「あらぁ、ご無沙汰ね」

「お兄さん、寄ってらして」

白粉《おしろい》をした女たちが通りで、男たちに声をかけている。

「おや、君はどこの妓楼《みせ》の妓《こ》だい？」

すれ違った男にそんな風に声をかけられて、蓮花はここは色街なのだと理解した。

こんなところを嫁入り前の身でふらふらするわけにはいかない。さすがの蓮花もそう思って、来た道を引き返そうとした時だった。

「おいおい、やめておくれ」

聞き覚えのある声にピタリと足が止まる。今のは……劉帆だ。蓮花は声のした窓を下からそっと覗き込む。すると、昼間に宿の周りでたむろっていた官吏たちが服の襟をくつろげて、酒を飲んでいるのが見えた。そこには妓女たちが侍《はべ》って甲高い笑い声を上げている。

「つれない方ですこと」

「ははは、ならもっと美人を連れてこい！」

「ひどぉい」

そして、その真ん中で赤ら顔で冗談を飛ばしているのは劉帆だった。

「な、なにあれ……」

蓮花は頭の芯がカッとするのを感じた。あの男は花嫁を迎えに来た道中で女遊びをしているというのか。心底怒りを覚えた蓮花は足早にその場を去った。

すると、道一本隔《へだ》てたところに元来た大通りがあり、蓮花はようやく宿に戻ることが出来たのだった。

「なぜ勝手に一人で外をうろうろするのですか！　姫様に何かあったら族長になんと申せばいいのですか！」

「ごめんなさい……」

宿の部屋に入ってアリマのお説教を聞きながらも、蓮花のはらわたはまだ煮えくり返っていた。おかげで、その翌日の旅路の馬車の中は重たい空気が流れることになった。

＊＊＊

「姫様、姫様！」

長い道のりを、ゆらゆらと揺られて、うとうととしていた蓮花はアリマの大声に目を覚ました。

「見てください、あれ！　ほら！」

興奮気味のアリマに急《せ》かされて外を見ると、そこには巨大な城壁があった。高く堅牢な石造りの立派なものだ。

もちろん叶狗璃留《トゥグリル》にだって街はある。蓮花のいた集落の近郊にも、遊牧や交易で得たものを農作物や様々な道具に交換する場があって、何度か行ったこともある。それらの街には異民族の攻撃や盗人などから身を守るための柵や壁があった。

けれど……これはそんな、蓮花やアリマの知っている街の壁とは全く規模の違ったものだった。

「これが旺の帝都……」

蓮花は覆いを捲り上げて見上げた。城壁のてっぺんには見張り台。赤に黄で縁取られた旺の旗が掲げられている。この壁はどこまで伸びているのだろう。

入り口の門は分厚い木に鉄の枠が嵌《は》められていて、何人もの門兵が出入りする者を厳重に見張っていた。

ここで蓮花たちは馬車から輿《こし》に乗り換えた。通りすがりの人々が、なんだなんだとそれを見物している。

「皆の者、道を空《あ》けよ！　皇子殿下のご一行がお通りだ」

兵が人々を蹴散らすようにして通り道を作る。そこをゆっくりと進む五皇子・劉帆の一団。人々は沿道に居並び、頭を下げつつその輿《こし》に注目した。

「おい、あれだろ……ほら、北の夷狄《いてき》の」

「そう、蛮族の姫を妃に」

そう囁かれる中、列は進む。例の花嫁がどのようなご面相なのか、覆いのかかった輿《こし》の中をなんとか覗けないかと首を伸ばす。だがその後に続く荷馬車を見て人々はぎょっとした。

「え……あれって羊か？」

「山羊もいるぞ」

「後宮に家畜を連れていくのか……？」

それは蓮花が叶狗璃留《トゥグリル》から連れてきたものだった。彼女からすればこれらは当然のこと。むしろ羊や山羊がいなくてどうやって暮らすというのか、と言ってなかば無理矢理に荷馬車へ乗せてきたのだ。

「んめぇーっ、めぇーー」

やんごとなき皇族の隊列はのどかな鳴き声を響かせながら去っていく。民たちは唖然としてそれを見送った。

「第五皇子、顕王殿下。斗武南《とむなむ》蓮花王女のおなりでございます！」

広く豪奢《ごうしゃ》な宮殿の広間に進み出た劉帆と蓮花は、玉座の前に跪《ひざまず》いた。

「皇帝陛下、拝謁いたします。万歳、万歳万々歳。皇后陛下、千歳、千歳千々歳」

劉帆の声に、蓮花は慌てて挨拶を続け、さらに深く頭を下げる。

「面《おもて》を上げよ」

柔らかく、落ち着いた声が聞こえてきた。顔を上げると、目元が少し劉帆に似ている五十過ぎくらいの男性と、丸顔の優しげな顔立ちの女性——皇帝と皇后がそこにいた。

「ありがとうございます陛下。……第五皇子顕王、ここに叶狗璃留《トゥグリル》の姫を迎え、帯同いたしました。いやぁ、遠かったです。大層疲れました。途中で恐ろしい盗賊も出まして」

劉帆はへらへらと軽薄な笑みを浮かべながら、皇帝に報告をする。この男は盗賊が出た時は馬車から出てこなかったくせに、と蓮花は思った。

「うむ、ご苦労。蓮花王女、遙かなところからよくぞ参った。これよりこの旺の後宮がそなたの家だ。今日のところはゆるりと旅の疲れを癒やすがよい」

「……っは！　かしこまりました」

蓮花はドギマギしながら皇帝の声に答えた。

なんとか拝謁を終えて退出した蓮花の姿を見届けると、誰も彼もが噂する。

「――聞いたか？　あの五皇子の花嫁」

「旅路で盗賊を退治したらしい」

「家畜を連れて後宮に入ったって」

「所詮《しょせん》は叶狗璃留《トゥグリル》の野蛮人よ」

ひそひそと、後宮のどこもかしこもが蓮花の話で持ちきりとなった……

＊＊＊

――数日後、蓮花と劉帆の婚儀が執り行われた。真っ赤な婚礼衣裳はずしりと重く、さらに重たい冠が蓮花の頭上に載せられる。その姿で劉帆と並び立ち、祖霊を祀《まつ》る廟《びょう》をお参りし、広間に移動し皇帝、皇后への挨拶を済ませた。

「これで二人は晴れて夫婦となった。千代に仲睦まじく、手を取り合っていくように」

「まぁ、可憐なお妃様だこと。きっと良いご縁となりましょう」

二人それぞれに、ありがたい言葉を頂き、豪勢な宴が開かれた。そこへ並べられた料理はどれもが物珍しい珍味ばかりであったが、全く味わうどころではない。蓮花は胸中複雑なまま、曖昧に微笑んでいた。

——とうとうこのぼんくら皇子と夫婦となってしまった。果たして自分はこれからどうしたらいいのだろうか、と考えを巡らせながら。

慌ただしい一日が終わり、蓮花はアリマに手伝ってもらって肩のこる衣裳を脱ぎ、身を清めて寝間着に着替えた。

蓮花は妻となったのだ。これは国同士の取り決めで蓮花の気持ちがどうであれ、今日から妻としての責務が生じる。

「……」

ところが劉帆の姿が見当たらない。一体どうしたのだろうか。

しばらく待ってみたものの、一向に現れない。着替えの前にはいたような気がしたのだけれど、と蓮花が不思議に思っていると、アリマが困り顔でやってきた。

「姫さ……あっ、嫡福晋《ふじん》でしたね」

この婚礼で蓮花の呼び名は斗武南蓮花王女から斗武南嫡福晋《ふじん》になったはずである。

が、心底面倒くさいと蓮花は思った。

「いいわよ、蓮花で」

「……蓮花様、あっ、あのですね」

「なに?」

「その……殿下は今夜はいらっしゃらないそうで」

「は⁉」

蓮花は思わず声がひっくり返ってしまった。

「だって今夜は……」

――初夜だ。夫婦となって初めての夜。

「遅くなるので、先に休んでほしいと側近の方から」

「……そう。分かったからアリマも休みなさいね」

そう彼女には優しい言葉を投げかけながらも、蓮花の内心は煮えくり返っていた。

アリマがぱたりと部屋の扉を閉じた後、蓮花は寝台に突っ伏した。

「……何それっ!」

悔しい。別にこの日を心待ちにしていたわけでもないが、それなりに覚悟を決めて待っていたのに。蓮花は奥歯がぎりぎり言うほど噛みしめて声を漏らした。

「ぐ……寝るかぁ」

そんな自分が恥ずかしくて、ひとしきり足をバタバタさせた後、蓮花は諦めたように呟いて布団に潜り込んだ。

今日は、祝いの酒で忙しかったのかもしれない。そう思い直した蓮花だった。

だが翌日の夜。暗い顔をしたアリマがやってくると蓮花にこう告げた。

「蓮花様、あのう……今日も殿下は……」

「……そう」

また劉帆は寝所に現れなかった。

「――もう！」

蓮花は寝間着のままで皇宮の庭に飛び出した。その一角には蓮花が用意させた厩《きゅう》舎《しゃ》がある。

「ソリル」

そっと声をかけると、愛馬はつぶらな瞳で蓮花を見た。

「ちょっと付き合ってちょうだい」

ソリルを厩舎《きゅうしゃ》から引き出し、鞍をかけて乗る。そのまま庭をぐるぐると歩きながら、蓮花はぶつぶつと呟いていた。

「あの人なんなのかしら……？　私たち結婚したのよね……？」

「ぶるるるるっ」

「そうよね……あんまりよね……」

そんな風に気を紛らわせて、この日はようやく眠りについた蓮花だった。

しかし、ソリルに語りかけつつ徘徊する蓮花の姿を見た門の見張り番は、のちに夜中に幽鬼を見たと仲間に話した。

婚儀は三日かけて行われる。今日が最後。最後ならば……蓮花はそう考えた。だが……

「今日も来ない……!?」

「は、はい……」

アリマが身を小さくしながら答えると、蓮花は拳を握り、肩を震わせた。

「そう……そうなの……分かったわ」

「蓮花様……あの……」

「いいのよ、アリマはなんにも悪くない。気にすることはないのよ」

もう、どうでも良くなった。アリマを帰し、蓮花は一人になると項垂《うなだ》れた。この扱いはなんだというのか。お飾りの妻だとしてもあんまりな仕打ちではないか。

「もう、いい」

今後ずっとこんな日が続くかと思うと胸が潰れそうになった。まるで籠の鳥。いや、さえずることもないのならば鳥よりひどい。

そう思いながらひとりぼっちの寝台の上で膝を抱える。ふと目をやった先には、先日持ち込んだ花嫁道具の箪笥《たんす》があった。

それを見つめ、蓮花は胸元に下げた琥珀《こはく》の指輪にそっと触れた。

「そうよ……」

蓮花は吸い込まれるように箪笥《たんす》の前に向かう。精巧な彫りものをした艶《つや》やかな箪笥《たんす》。めでたい桃と橙《だいだい》の枝と花、そして実があしらってある。

蓮花はその橙《だいだい》と桃の実をぐっと指で同時に押し込んだ。

――ガコンッ。

何かが外れる音がした。すると枝のあったところが小さな扉のように開く。そこに入っていたのは、弓だ。

「……後宮に入る時に武器は全部取り上げられたけど、これだけは手放せない」

もう何年も蓮花と共にあった短弓。馬上でも扱いやすいそれは騎馬民族ならばおもちゃの代わりにして育つ。

「そうよ。夫がどうであれ、私にはやることがあるもの」

矢をつがえて引き絞る。力強い弦の感触。蓮花は自分の頭が冴え渡っていくのを感じた。

「兄様を殺した仇を探す……」

犯人は白銀の狼の毛皮を持っていった。あれだけの見事な品だ。誰かに捧げるなり売るなりするつもりだったのだろう。それを見つけられたら、きっと犯人に辿り着く。

「旺の人間……許さない」

バヤルの命を奪った旺のものと思われる短剣と白銀の毛皮。それが兄を手にかけた者の手がかり。蓮花の手に力がこもった。

「殺してやる」

低くそう呟いた——その時だった。

「旺が憎いか?」

突然背後からした声に、蓮花は驚き振り向いた。

「……劉帆」

しまった、聞かれた。蓮花は唇を噛んだ。

「なんのこと、とそんな物騒な格好で言われても」

「なんのことでしょう」

劉帆は例のごとくニヤニヤと笑いながら答えた。そしてなおも続けた。

「なぁ……お前は旺が憎いのか？」

こんな状況で、酔っているのだろうか、と蓮花は思った。だとしてもこれはまずい。

蓮花は劉帆をじっと見た。この男が兄を殺した可能性……も否定出来ない。そうでなくても、こうなったら黙らせるほかない。蓮花は矢を劉帆に向け、睨みつけた。

「ええ。私の兄様を殺した旺が憎い」

「……兄？　シドゥルグ殿の息子は殺されていたのか？」

「聞いてないの？　兄様の背には旺の短剣が刺さっていて、天幕からは宝物の狼の毛皮が盗まれていたのよ」

「そうか……」

劉帆は怯えるどころか、そう言うと黙り込んだ。その様子が、どこか悲しそうに見えて、蓮花は動揺した。

「なぁ、蓮花。俺と手を組もう」

「──何⁉」

唐突な申し出に、蓮花は思わず大声を出してしまった。

手を組む？　私と劉帆が？　一体なんのために？　疑問が頭を駆け巡り、蓮花の背中に嫌な汗が浮かぶ。

「……俺も旺が、この朝廷が憎い。だから手を組もう」

「なぜ？　あなた旺の人でしょ」

「だからさ。きっとこの帝国の歪みが、蓮花……お前の兄を殺したのだと思う。俺は国を変えたいのだ」

劉帆はまっすぐに蓮花を見つめて、しっかりとした口調で、そう言い放った。その姿にあの暗愚な振る舞いの影はない。

「……ちゃんと話してくれる？」

蓮花が構えていた弓を下ろすと、劉帆は側の椅子に座り、話し始めた。

「ああ。聞いてくれ」

──それは三年前。長いこと病で伏せっていた皇太子が急死したせいで、皇太子位が空位となった。それから宮中での跡目争いが静かに激化しているのだという。

「俺は第五皇子だし、今は亡き母の身分も低いから後ろ盾も弱い。だから争いに興味はなかったんだがな……」

劉帆はそう言って頬を掻く。

「ならば、何故？」

蓮花が問いかけると、劉帆はぽつりぽつりと説明を再開した。

「俺は、太子が没する前に呼ばれたんだ……」

皇太子だった趙貞彰《ちょうていしょう》は俊秀で、人格も慈愛に満ち将来を期待されていた。しかし元来病弱で、次第に起き上がれることが少なくなった。

いよいよ、と周りが覚悟を決めた頃。劉帆は貞彰に呼ばれたのだった。

『劉帆。私はね、悔しい。せっかくこの国の栄えに携《たずさ》われる立場にあるというのに……もうこの世を離れなくてはならない』

『そんな……殿下』

『私はね、知っているよ。皇兄《あに》たちに遠慮してお前はわざと出来の悪い風に振る舞っているが、本当は聡い。二皇子や四皇子は駄目だ……彼らには大義がない。臣民のために事をなすということを分かっていない。そんな者が玉座につけばこの国はどうなるか……。頼む、劉帆。私の志《こころざし》を継ぐのはそなただ』

痩せて骨張った手にしては意外なほどの力で、彼は劉帆の手を握って訴えた。

『……殿下のお心、しかと受け止めました』

劉帆は絞り出すようにして、そう答えた。

跡目争いに興味がなかったのは確かだ。勝ち目の少ない自分が戦っても、苦労が増えるばかり。それよりも後々、皇族として与えられた領地でそこそこの統治をして、悠々自適に暮らした方がいい。そんな風に考えていた。だが、死を前にしての皇太子の願いを無下にすることは出来なかった。

なぜなら皇后、そしてその息子の皇太子には大恩がある。

彼女は劉帆の母、夏妃《かひ》とは姉妹のように仲良く、夏妃が冤罪をかけられた時も助けてくれた恩人であった。彼女がいなければ母子共々命がなかったかもしれなかったのだ……。

太子の母である董姚《とうよう》皇后は下の皇子を赤ん坊の頃に亡くしている。それもあって皇太子が病に倒れた悲しみから、塞ぎ込むようになった。このままならば、皇太子の座を巡って政争が起こるだろう。そうなれば皇后の立場も危うくなるやもしれない。もしも母が生きていたのなら、きっとこの状況に胸を痛めるはず。

それはいけない、と劉帆の心の内に、自分でも驚く程の思いが生まれていた。

こうして劉帆は決意した。いつか自分が皇太子となり、この帝国の皇帝になると。

「……というわけだ」

「じゃあ、今までのは馬鹿のふりをしていたってこと？」

「そういうことになるな」

蓮花はじーっと琥珀《こはく》色の目で劉帆を見つめた。劉帆は落ち着き払った様子で、嘘をついているようには見えない。だが、なぜそんな話を自分にするのか蓮花には分からない。

「どうして私にそんなことを言うの？」

「……盗賊に襲われた時の動きを見ていた。まるで草原の狼のようだった。迷いなく敵を葬り、躊躇《ためら》いなく人を守る。なかなか出来るものではない」

「それで……？」

「ああ。皇太子の喪の明けた折のこの婚儀には、乗り気ではなかったが……あの時、もしかしたらこれは好機なのかもしれぬと思ったのだ」

「……」

蓮花はどう答えていいか分からなかった。自分の役目は旺と叶狗璃留《トゥグリル》の和平の架け橋となることであって、権力が欲しいわけではない。そんな迷いが劉帆にも伝わったのだろう。彼はさらにたたみかけた。

「お前の兄の仇の手がかりはこの後宮にあるやもしれんぞ」

「……後宮に?」

「ああ。宝物の毛皮を盗られたと言ったな。それだけのものならばここに持ち込まれる可能性は高い。それを辿れば……」

「ああ……」

「それに俺が皇太子となって政《まつりごと》に携《たずさ》わるようになれば、叶狗璃留《トゥグリル》との関係も盤石なものになるだろう」

そうか、自分はとんだ見込み違いをしていたようだ。蓮花は心の中で呟いた。おもしろい。ただの籠の鳥になるよりずっといい。それこそ、バヤルの思いを蓮花が引き継ぐことになるのではないか。そんな風に考えて、蓮花はまっすぐに劉帆に向き直った。

「旺の第五皇子、顕王……劉帆。分かったわ。手を組みましょう」

――こうして蓮花は劉帆と共に、この宮廷の皇子たちとの、次期皇太子の位を巡る争いに身を投じることとなった。

# 第二章

翌朝、蓮花は難しい声をして、朝食の粥《かゆ》とにらめっこしていた。

「手を貸す、かぁ……具体的には何したらいいんだろう」

「蓮花様、粥《かゆ》に何か？　お味がお気に召しませんか」

「な、なんでもないわ」

いぶかしげなアリマを見て、蓮花は慌てて粥《かゆ》を啜《すす》った。

「まぁ、色々と馴れませんものね。食事もお一人ですし」

「そうね、叶狗璃留《トゥグリル》ではみんなで車座になって食べていたものね」

「そうです。それに……なんだか奶茶《おちゃ》を飲まないと調子が狂います」

「あっ……そう言えば」

叶狗璃留《トゥグリル》ではお茶に塩と乳を入れて三食欠かさず飲む。それが体に良いと言われていたし、蓮花も好きだった。なのにこちらに来てからは旺の味のないお茶しか飲んでいない。

「そうよ、道理で変だと思ったのよ！」

蓮花はバッと立ち上がる。周りの女官はぎょっとして彼女を見た。

「福晋《ふじん》、どちらへ」

「畜舎！　乳を搾りに行くわ」

「ち、乳搾り……!?」

「行くわよアリマ！」

「はい！」

呆然としている女官たちを尻目に、蓮花とアリマは甕《かめ》を持って厩舎《きゅうしゃ》の近くにこしらえた家畜小屋に向かった。

そこには連れてきた羊や山羊が柵に入れられている。

「ばぁあああ」

「はい、ちょっと失礼」

蓮花は雌山羊の後ろ足を掴んで捕まえると、乳を搾る。山羊の乳は特に滋養に富む。

「この子たちの世話のやり方はアリマがしっかり周りに教えてあげてね」

「もちろんです」

甕《かめ》いっぱいに乳を搾って、さて戻ろうかという時だった。

「蓮花、何をしてるんだ」

「あ、劉帆。山羊の乳を搾っていたの」

朝からどこかに出かけていた劉帆が、側近を伴ってこちらを見ている。

「え……」

「そうだ、劉帆もやってみない？　山羊は可愛いわよ」

「い、いや俺は……」

あからさまに戸惑っている劉帆。もしかすると生きている山羊を見るのも初めてだったのかもしれない。すると、隣で黙って見ていた男がまるで蓮花から劉帆を守るように立ちはだかった。

「福晋《ふじん》、みっともない真似はお止めください」

「みっとも……ない？」

「ええ、皇子の妃ともあろう方が、こんなどこぞの農家のおかみさんのような……」

「こら、栄淳《えいじゅん》。言いすぎだ」

栄淳と呼ばれたその男は、少々不満げに劉帆を見ると、一歩下がった。

「これは失礼しました」

「蓮花。こいつは李《り》宋淳、俺の側近だ。見ての通り堅物だが悪いやつじゃないんだ」

「ふーん……よろしくね、栄淳」

「よろしくお願いします」

上背のある栄淳は、とても主の妃に向ける目つきではない目で、蓮花をねめつけながら答えた。

「殿下、参りましょう」

「あ、ああ……じゃあ、後でな。蓮花」

「あ……うん」

蓮花はあっけにとられた顔で、栄淳に引っ張られるように去っていく劉帆を見ていた。


「見た？」

「見た見た、お妃様自ら厨房で乳を煮立てて……」

夜が更けて、密やかに声が交わされる。話題はもちろん新しいお妃様のことだ。

「こないだは魚を吐き出していた。匂いが嫌だとか」

「野菜も。肉ばかりを召し上がる」

「しかも、いくらお止めしても馬に乗る」

「それだけじゃない。生まれたての子羊を寝床に入れようとした」

つくづく困ったものだ。と、女官や使用人はため息をつく。

「これではいけない。もう旺のお妃なのだから、振る舞いを改めていただかないと」

そうだそうだ、と皆が頷く。また今日も、後宮には蓮花の噂話に花が咲いていた。


「キャーーッ！」

絹を裂くような悲鳴が聞こえたのは早朝のことである。

「んっ？」

あまりの大声に蓮花も飛び起きた。

「何があったの⁉」

そうして寝間着のまま裸足で外に飛び出したのだが、蓮花はそこに広がっている風景を見て絶句した。

「え……」

すると、まもなく後ろから劉帆と宋淳も駆けつけた。

「わっ……⁉」

劉帆はソレを見て思わず声を裏返らせる。窓の外の庭に面した廊下の手すりに、蓮花の羊が一匹、首を刎《は》ねられ腹を割《さ》かれて、串刺しになっていたのだ。臓物を引きずり出された羊のせいであたりは血の海だ。

「なんだこれは」

大騒ぎが起きている中、女官たちは口元を袖で隠しながらニヤニヤしている。思い通りにならない蓮花を懲《こ》らしめようと、下男をそそのかしたのはこの者たちだったのだ。

「ひどい……」

蓮花はくぐもった声を漏らした。

「そうだな、蓮花。これはあまりにも……」

「ひどいわ、こんなの！　毛皮が台無しだわ‼」

「えっ？」

「おっしゃる通りです蓮花様！　それにもっと大きく太らせてから食べようと思っていましたのに！」

アリマも同調する。劉帆は我が目を疑った。皆、血みどろの惨劇に騒いでいるのに、この二人は明後日《あさって》の方向を向いて怒っている。

「まったく、ふざけてるわ！　ちょっと、そこの人！　よく研いだ包丁を持ってきて。それからそっちは金串と鉄板を持ってきて。あなたは庭に薪を組んで火を熾《おこ》して！」

「え、でも……」

「でも、じゃない！　早く！」

「はいっ‼」

命令された人間たちはその剣幕に気圧されてあちこちに散っていく。

「さぁて……」

その後、包丁を手に入れた蓮花とアリマは羊をあっという間に解体してしまった。そしてよく塩を揉み込み金串に刺して焼いている。

「はい、皆さん。沢山食べてね」

しまいには出来上がった羊の焼き肉を誰彼構わず振る舞い出した。

「おい……蓮花」

「はい、劉帆の分はここ。脂がのってるわよ」

「ありがとう。……じゃなくてだな」

劉帆が口を開きかけたところに、アリマが鍋を持って現れる。

「蓮花様ーっ、臓物の煮込みが出来上がりました！」

「わーっ。アリマの煮込みは美味しいのよ。ちょっと劉帆、早くしないとなくなっちゃうわ」

「……」

朝っぱらから突然に始まった野天の料理会。人々は面食らいながらもそれを平らげた。何しろ受け取らないと蓮花とアリマがすごい顔をするからである。そうしてしばらくすると、あとは骨が残るばかりとなった。

「さて、お腹が一杯になったところで……誰が羊を殺したの」

蓮花が包丁を片手に立ち上がると、皆すくみ上がった。目配せをし合い、お前か、いや私では……と小声で言い合う。

「正直に出てきなさい！」

これに蓮花の苛立ちは頂点に達した。蓮花だってどういった連中がこれをやらかしたのか見当はついている。事件の張本人の女官たちは震えて今にも膝から崩れ落ちそうであった。

「福晋《ふじん》、お言葉ですが、そのように問い詰めれば、誰も口を割りますまい」

しん、と静まり返る庭に、栄淳の声が響いた。

「そもそも、何故このようなことが起こったのか、からお考えになった方がよろしいかと」

宋淳の口調には一切遠慮がない。まるで試すかのように蓮花を見ている。

「……そうね。それも一理あるわ」

蓮花は頭を掻くと、ぐるりとあたりを見回した。

「じゃあ、この話はおしまい！　羊を飼うのが気に入らないのなら、直接言いに来なさい！　そしてこんな真似はもうしないこと」

そう言って蓮花は自室に戻った。助かった、とばかりに人々の目が栄淳に集まる。

仕方なしに劉帆は栄淳をたしなめた。

「おい、宋淳。言いすぎだぞ」

「おや……殿下のお心を代弁したまでですが」

「あのな……」

「この調子で……あのお妃様に何もないといいのですが」

栄淳は皮肉っぽい笑みを浮かべると、使用人に後片付けを命じた。

栄淳の懸念した通り、蓮花の振る舞いを噂し、彼女に興味を持ったのは、何も下々《しもじも》の者に限った話ではなかった。

＊＊＊

アリマからの言伝に、蓮花は頭の中で顔をなんとか思い起こそうとしながら答えた。

「泰王《たいおう》……って第二皇子の？」

「はい。その泰王殿下の正妃様からお茶会のお誘いがございました」

泰王の妃、藍明玉《らんめいぎょく》。その顔を思い出そうと蓮花はこめかみを押さえた。

「そっか……ご挨拶もちょっとしただけだものね」

「そうですね。他の皇子のお妃様がたとも親睦を深めましょうとのことで」

この大きな皇宮にいると忘れてしまいそうになるのだが、彼ら彼女らは親族なのである。義理を欠かすわけにはいくまい。蓮花はアリマにお伺いすると返事を頼んだ。

そして数日後――

「衣裳よし！　簪《かんざし》よし！　お土産《みやげ》よし！」

アリマの最終確認を終えて、蓮花は立ち上がった。派手すぎず、地味すぎない若草色の衣。主張しすぎない簪《かんざし》。贈り物には叶狗璃留《トゥグリル》名産の毛織物に蛋糕《ケーキ》。新入りの妃として、ごく無難に仕上がったと思う。

「では参りましょう。アリマ」

気合十分に二人は教えられた場所に向かった。……ところが、そこには誰もいない。

「北西の庭園の東屋《あずまや》、で合ってるわよね」

「はい」

「時間は？　未の刻って言ってたわよね」

「はい。お茶の時間ですし」

「そうよね……」

まぁ待っていれば誰か来るだろう。そう、のんびり構えていたのだが……しばらく待ってみてもそこは無人のままだった。

「私、ちょっと聞いてきます」

ついにしびれを切らしたアリマが人を探して駆けていった。

「うーーん？」

蓮花は首をひねった。もしや日にちを間違えたか。そんな風に考えていると、真っ青な顔をしたアリマが戻ってきた。

「大変です、蓮花様。今日はお茶会ではなく昼餐会《ちゅうさんかい》で……時刻は午の刻だったそうで……」

「え？　どういうこと」

「私……何度も確かめましたのに……」

そうか、嘘の時間をアリマに伝えたのか。と蓮花は理解した。どうやら一杯食わされたようだ。蓮花の脳裏にあの女官たちのにやけた顔が浮かんだ。

「ど、どうしましょう……」

アリマはもう泣き崩れそうだ。

「しっかりして。過ぎた時間は戻らないわ。今からでも伺って謝りましょう」

「はい……」

蓮花とアリマは仕方なく、二皇子泰王の宮に向かった。


「あらぁ？　随分のんびりしたご来場ですこと」

二人は急ぎ足で額に汗をにじませながら到着した。その姿を見た泰王の妃・明玉はひどく機嫌が悪そうだった。それも無理はない。自分の主催した昼餐会《ちゅうさんかい》の主役が来なかったのだ。彼女からすれば面目丸潰れである。

「申し訳ございませんっ。刻限を間違えていて……」

「ほほほ、いいからこちらにお座りになって」

すでに昼食は終わり、皇子の妃や皇室の縁戚の婦人たちは、それぞれにくつろぎながらお茶を飲んでおしゃべりをしていたところだった様子。突き刺さるような視線がじっと蓮花に向けられる。

「あ……その……」

ああ、なんてことをしてくれたのだ、こんな大事な場面を台無しにするなど……。

蓮花は女官たちを恨むよりほかない。するとやたらと白粉《おしろい》の濃い泰王の妃は大仰に細い眉を寄せて言った。

「妹妹《めいめい》、わたくしは悲しいわ。せっかく新しい姉妹の仲を深めようと、あちこち声をかけましたのに、こんな仕打ちをなさるなんて」

「そ、それは……ですから」

蓮花が申し開きをしようと口を開くと、ぴしゃりとはねつけるように声を被せられる。

「ああ！　言い訳はよして。妹妹《めいめい》はわたくしたちのことなんかどうでもいいみたいですから……ねぇ？」

くすくす笑いながら、明玉がちらりと他の妃たちに目をやるとつられたように笑い声が起こった。この人たち楽しんでるな、と蓮花は思った。実際、後宮の生活は窮屈で単調で、そんな中での蓮花の失態は彼女らにとってはいい娯楽といったところだ。

「まぁ、叶狗璃留《トゥグリル》のような辺境ではそんな風習なのかもしれませんわ」

「そうね。あんな草ばかりのところでは時間なんて関係ないのかも」

さざめくような嘲笑が、あたりに広がっていく。確かに叶狗璃留《トゥグリル》の民は時間に大雑把ではある。だが、蓮花はきちんと時間は守ろうとしたのだ。それを証明するすべはないのだけれど……

「まぁ、あんまり意地悪を言うのはお止めなさいな」

明玉が、白々しくそう口にする。すると、すかさず別の妃が同調した。

「さすがですわ。大嫂子《おねえさま》はお心が広い。ねぇ、新入りのお妃様？　この方は次の皇太子妃なのよ。つまりは未来の皇后様というわけ。ですからね、態度をお考えになった方が良くてよ」

……まるで二皇子が皇太子になることが決まっているかのような口ぶりである。

蓮花は何を勝手に、と言い返したかったが、ただただ黙って耐えることしか出来なかった。

結局、日が暮れるまで、蓮花とアリマはたっぷりと頭から嫌みを浴びた。そしてようやく悪夢めいた時間を終えて、二人は自分たちの宮に帰ってきた。

「申し訳ございません、蓮花様」

散々に顰蹙《ひんしゅく》を買った蓮花を見て、しおれた花のようになったアリマが深々と頭を下げる。

「仕方ないわ。アリマ……少し一人にしてもらえる？」

「……はい」

肩を落としてアリマは部屋を出ていった。戸が閉まると蓮花は沓《くつ》をほっぽり出して、寝台の上にあぐらをかき、頬杖を突いた。

「ふーむ。どうしたら良かったのかしら」

蓮花はああいった「敵」は相手にしたことがない。羊を狙う狼や、盗っ人とは勝手が違う。

「はーっ……」

蓮花は深い溜め息をついた。そして自分は草原の戦い方は知っていても、宮廷での戦い方はまるで分からないと悟ったのだった。

蓮花は陰謀策謀に長《た》けているわけでもなければ、色香で人を惑わす質でもない。こんな自分に劉帆は一体何をさせようというのか。手を貸せと言われても……自分の復讐を果たすどころかお荷物にしかならないのではないか。そんな悶々《もんもん》とした考えが頭の中をぐるぐると回っていく。

「はあーっ……！」

「これまたでかい溜め息だな」

「うひゃあっ⁉」

いきなり真横で声がして、蓮花は心の臓が口から飛び出しそうになった。

「ちょ……ちょっと劉帆！　部屋に入るときは合図して！」

動揺した蓮花は大声で劉帆を怒鳴りつけた。

「散々声をかけた。それより聞いたぞ。二皇子の妃を怒らせたそうじゃないか」

「ええ……ごめんなさい。女官たちが違う時間を教えたの。アリマにも悪いことしたわ。……私のせいよ」

「蓮花。あまり気に病むな。この宮の者のやったことなら俺のせいでもある」

慰めのつもりだろう、劉帆はそう言ってくれるが……元々は下の者が蓮花を気に入らない故に起きたことだ。

「そんなことないわ。私がお妃様らしくないから……」

「ふーん。蓮花なら引っ掻き回して楽しむかと思った」

「あのね、私そこまで馬鹿みたいじゃないわよ！　ほ、ほら一応、私は劉帆の……つっ、妻なわけだし、そのっ、立場があるでしょ……皇子だもの」

　そこまで考えなしではない、人をまるで猿か何かのように言うな、と蓮花はむくれた。すると、そんな不機嫌顔の蓮花を見て劉帆は笑う。

「なかなか殊勝なことを言う……。だがな蓮花、あそここそ後宮の掃き溜めのような場所だよ。彼女らは権力者の娘たち。その縁戚は皇族との結び付きを得て、不正を働いて美味い汁を吸っている者たちばかりだ。特に……」

　劉帆はすっと窓の外を見た。まるでそこに見えない壁があるように。

「特に皇帝の寵姫である江貴妃《こうきひ》とその一族郎党。奴らによって朝廷は汚職にまみれている」

「劉帆……」

　彼らの愚挙により宮廷は、この帝国の政《まつりごと》は、亡き皇子の理想から離れていく。劉帆はやりきれない表情をして、しばらく虚空を見つめていた。

「ごめんなさい。私、どう立ち回ったらいいか分からなくて」

蓮花は正直な気持ちをこぼした。すると劉帆はまじまじと蓮花の顔を眺める。その視線がなんだかむずがゆくって、蓮花は落ち着かない気持ちになる。

「分からない……そうか」

そう劉帆は呟くと、膝の上でぎゅっと握りしめていた蓮花の手を掴んだ。

「ひゃっ……」

「蓮花。知らないことなら知ればいいんだ」

「え……？」

そのまま燭台を片手に、蓮花の手を引いてすたすたと部屋を出る。

「ちょ、ちょっと！　どこに行くの？」

「黙ってついてこい」

劉帆は建物を出て裏手に回る。そして辿り着いたのは……

「物置？」

「そうだな」

首を傾げる蓮花をよそに、劉帆は物置に入っていく。蓮花は慌てて彼の後を追った。

「……ほこりっぽい」

そこには使わないものや、壊れた道具が積まれている。

「こっちだ」

そんな薄暗い中を劉帆はずんずん進んでいった。

「どうしたの？」

「蓮花、俺の秘密を見せてやろう」

劉帆は汚く粗末な扉を開けた。そしてその向こうにあったものを見て、蓮花は思わず息を呑んだ。

「わぁ……すごい！」

そこには山のような書物が隠されていた。他にも画や書などもいくつも並んでいる。それは圧倒されるような光景だった。

「これ、全部……劉帆の？」

「ああ。本は借りたものや写したものもあるが。画や書も俺の手跡だ。三年前にすべてこちらに移した」

「驚いたわ。書とかの良し悪しは私にはよく分からないけど……。これは歴史書に、こっちは詩集に……法律の本まで」

「軍法の本もあるぞ」

劉帆は得意げにそう言って、分厚い本を蓮花に差し出した。

「全部読んだの？」

「ああ、大体な」

これが劉帆が隠していた宮廷で戦うための武器、そして彼の志《こころざし》や覚悟そのもの。

そう考えて蓮花は胸が高鳴るのを感じる。

「大義なき者に、この国をいいようにさせたくない」

劉帆のその言葉には憤《いきどお》り、そしてままならぬ境遇への苛立ちが感じられた。

「俺は……」

劉帆はまた、どこか遠くを見る。その眼差しに蓮花は亡き兄バヤルの面影を重ねる。

バヤルもこんな風に未来の理想を胸に抱いていたはずだ。

「なぁ、蓮花。俺の師を紹介しよう」

「え？」

「柳《りゅう》老師という。この本の出所や書の手本は、皆その先生だ。彼はこの後宮……いや宮廷のあらゆることに精通している。どうだ、蓮花。やるか」

劉帆の挑むような目つきに、蓮花はすぐに頷いた。

「やるわ！　獲物によってやり方を変えるのは、狩りの基本だもの」

その返答を聞いて、劉帆の口元ににやりと笑みが浮かぶ。

「よし、決まりだな」

「はい！」

狭くて薄暗い物置の隠し部屋で、二人は向かい合い頷いた。

＊＊＊

――後宮書庫。そこでは様々な学術や教養、娯楽のための書物の管理、また後宮での記録物の作成や保存が行われている。

「わっ、またあそこにいる」

「もう慣れろ、新入り。あの人はずっとあの場所に陣取ってるんだ」

その一角に、老人はいた。唯一日の差し込む窓の近くに机を置いて、白く長いひげの干物のような爺さんがうつらうつらしている。

「あの人は……まぁ、書庫に住み着く妖怪か何かと思っていれば。元々は高官だったらしいが政争で敗れてからずーっと書庫の番人をしてるってわけさ」

「ははは、そりゃ情けない」

「な、だから気にするこたぁないんだよ」

春のまだ芯に冷たさの残る風に吹かれて、老人は眠っている。書庫の同僚が姿を消したあたりで、彼はぱちりと目を覚ました。

「お嬢さん、もう棚の間から出てきてよろしいですよ」

「なんで分かったのっ」

急に居場所を言い当てられた蓮花は驚いた。

「バタバタ足音がしましたから。女の沓《くつ》。そして、軽くて速い。若くて元気なお嬢さんだとすぐ分かりましたよ」

「へぇ……」

蓮花は気を引き締めた。劉帆が師と仰《あお》ぐ人物なのだ。彼からは居場所と名前を聞いたくらいだったが、やはり先ほどの人たちが噂するような老人とは思えない。

「申し遅れました。私は斗武南《とむなむ》福晋《ふじん》――蓮花と申します。五皇子、顕王の妃です」

「ほほ、それはそれは……わたくしめはしがない書庫番の爺でございます」

「劉帆から聞きました。柳老師は博識で、きっと力になってくれるだろうと。私はもっと色々なことを知る必要があります」

「そうですか……この後宮書庫には数多の蔵書がございます。福晋《ふじん》の知りたいことの答えもきっと見つかりましょうなぁ」

どこまでも掴みどころのない様子で、柳老師はのらりくらりと答える。

「ええ。でも、どこから見たらいいか……」

蓮花が途方に暮れた声を出すと、柳老師はふっと笑って立ち上がった。

「福晋《ふじん》。あなたは叶狗璃留《トゥグリル》の出、だそうで。草原を征く時、あなたは何を目当てに進みますか」

「うーんそうね……どこに向かっているか知るために星を読みます」

「ですね。知識はそのようなものです。どこかに向かうための指針となるもの。……福晋《ふじん》、あなたはどこに向かいますか？」

どこに、と聞かれて、蓮花はしばし考えた。もしこのまま劉帆の横で共に歩むとしたら……ならば、自分の進むべき道は……

「──鳳凰《ほうおう》の座を。私はそれを望みます」

蓮花は柳老師の問いにそう答え、目を逸らさずに正視した。皇帝の象徴は龍。だとすれば蓮花の目指すべきは鳳凰《ほうおう》だ。平和な世に姿を現すという、伝説の鳥。

すると柳老師は少し驚いた顔で蓮花を見つめた……と、途端にその顔をくしゃりと歪めて笑った。

「さようでございますか。で、あればこの柳賢成《けんせい》、微力ながらお力添えをいたしましょう」

蓮花の回答は、老人の心を動かしたようだった。この時、蓮花は心底安堵したのだが……ほっと出来たのはそのひと時のみだったのである。

「あの……あ、あのぅ……」

どんどんと正面に積まれていく本に、蓮花はただ目を白黒させている。

「ほっほっほ。まだありますよ。基本の歴史、地理。そして儀礼の本。政《まつりごと》の知識も必要です」

「そう……ですね」

確かに、老師の言うことは全く間違ってはいない。しかし蓮花は旺の言葉を覚えてまだ日が浅い。そこにあまりの量を突きつけられて、彼女はたじろいだ。だが、柳老師はすっと表情を引き締めると、さらに書物を追加した。

「それから貴婦人は風雅を解さねば。古今東西の名詩に素晴らしい絵の写しがここに。挨拶や所作の練習もいたしますからね」

「……はい」

蓮花は弱々しい声で返事をした。もしや、これはとんでもないことを頼んでしまったのかもしれない。だけど……ここで退くわけにはいかない。蓮花が覚悟を決めた瞬間、さらにもう一冊、蓮花の前に本が置かれた。

「そうそう……こちらを忘れておりました」

「これは？」

「房中での手順としきたりの本でございます」

「ぼ⁉」

房中、つまり寝所でのあれやこれやがこの本に書かれているということだ。

「それはっ……その……」

「最も大事なことでございます」

「……はい」

今度こそ消え入るような声で蓮花は答えた。

それから凄まじい日々が始まった。とにかく歴史や政治に関しては詰め込みの座学だ。蓮花は机にかじりついて、食事の時間もそこそこに本を読んだ。ある日などは前王朝の皇帝が列をなしている夢を見たほどだった。

「妃殿下、足音は猫のように、お辞儀は白鳥の羽ばたくように優雅になさいませ」

「こう……ですか」

「それでは駄馬とアヒルです」

「……」

その合間に礼儀作法の教授もあった。お辞儀の仕方から箸の上げ下げ、お茶の飲み方に至るまでみっちりと指導される。

「上手くならないのは余計な力が入っているからです。指先まで意識を行き渡らせて、かつ自然でなければなりません」

「はぁい……」

今度は書の練習。柳老師に活を入れられる度に、蓮花は緊張で体がガチガチになった。


「ふううぅ。今日も疲れた……」

「大丈夫ですか、蓮花様。お茶でも淹れましょう」

「うん……お願い。少し濃い目にして……」

そんな毎日を送る蓮花は、もはや息も絶え絶え。夕食後まで続いた教練の後、アリマの淹れてくれた熱いお茶をぐっと飲むと、ようやく気持ちがほぐれた。

「庭を歩いてくるわ」

「あら、もう寒いですよ。一枚羽織ってくださいな」

「ありがと」

蓮花は肩掛けを羽織って庭に出た。満月が朧雲《おぼろぐも》に浮かんでいる。まだ冷たい夜風が蓮花の火照った頭をしんと冷やしてくれた。こうでもしないと、習いたての伝統と格式を重んじた様々な決まりごとが頭を駆け巡って、とても眠れそうになかったのだ。

月明かりの庭に白く浮かぶ桃の花。柔らかな風にさらさらと音を立てる笹の葉。蓮花はふっと目をつむる。草木の香りは少しだけ、叶狗璃留《トゥグリル》の草原を思い出させてくれる。

そんな木々の囁きの合間に、別の気配を感じて蓮花は目を開いた。一体なんだろう。

「……ん？　何か……」

蓮花は吸い寄せられるようにその気配を辿り始めた。

気配のする方をそっと木の陰から覗くと……そこにいたのは栄淳だった。いつもの紺の衣ではなく、動きやすそうな薄手の麻の軽装だ。そして、そよ風に揺れる枝のように、ゆっくりと手足を動かしている。それはまるで舞のようだった。

「何してるの」

「わっ！　……なんですか」

栄淳はぎょっとして振り返った。相変わらず蓮花に対して妃とも思っていなさそうな態度である。

「なんだじゃないわよ。ねぇ、今何やってたの」

「見ていたのですか。これは武術の鍛錬です」

「武術？　あなたが？」

蓮花はまじまじと栄淳を見た。彼は背丈こそあるが細身だ。繊細で気難しそうな容貌も相まって、根っからの文官だとばかり思い込んでいた。

「悪いですか？　当家に伝わる鍛錬法なのです。私はこれを朝晩欠かさず行うことを日課にしています」

「へぇ……まるで踊りのようだったわ」

「体内の気を操って、身体機能を高めるのです。筋肉と力の調律が整えば、小さな力で大きな力に勝つことも出来ます。私は顗王殿下にお仕えするにあたって、身ひとつでお守りするためにこの体術を会得しました」

栄淳の目指す方向はいつだって劉帆と同じなのだろう。そのために彼はいつでも体を張る覚悟をしている。

「さ、もういいでしょう。夜風は体を冷やします」

栄淳はそっけなくそう言うと早足で立ち去った。

「……あ、待って」

引き止める声を無視して栄淳が消えた方向を、蓮花はじっと見つめていた。

翌日も相変わらず蓮花の授業は続く。一日かけて柳老師の熱のこもった解説を聞きながら、ひたすらに哲学の考えを詰め込んだ。

これでも全く入り口に過ぎないのだと老師は言う。確かに、脈々と受け継がれた深淵なる賢人の思想を知り、その道を究《きわ》めようとすれば一生かかっても足りないだろう。知の道は険しい。

蓮花はそれを実感しつつ、今日もまた夜の庭に散歩に出た。そして昨日の場所に向かうと、予想通り栄淳がいた。

「……今日も覗き見ですか」

「人聞きが悪いわね。私は気分転換に散歩をしてるだけ。そしてその途中にあなたがいただけ。いいでしょ、一日中勉強漬けなんだから」

「そうですか。……柳老師の授業、思ったよりも続いていますね。てっきりすぐに音《ね》を上げるかと」

栄淳は蓮花に言葉を返しつつも、体を動かすのを止めない。

「当たり前でしょ」

「……いえ。柳老師は厳しい方ですから」

「あら、老師が力を貸してくれるのに、投げ出したら失礼だわ」

蓮花がそう言うと、栄淳は少しうつむいた。どうしたのかと蓮花は覗き込もうとしたがその表情はよく分からなかった。

「……ならば、良かったです」

栄淳の口ぶりはどこか嬉しそうであった。

「柳老師のことを知っているの？」

「ええ、私も柳老師から教えを受けていましたから。殿下と私は子供の頃から共に机を並べていたのです」

「へぇ……」

そんなに昔から、劉帆と栄淳には結びつきがあったのだと蓮花は驚いた。

「ねぇ、劉帆はどんな子供だったの？」

「そうですね……顔立ちは亡くなられたお母上に似て大変愛らしかったのですが、何を考えているのかよく分からない感じでした。しかし……」

栄淳はしばし黙りこくった後、口を開いた。

「ある時、私は詩を……課題で嫌々書いたのです。当然、柳老師からは酷評されました。それが面白くなくて、書き付けたものをそこらへんに放っておいていたのです。すると殿下が拾ってじっと見ている。そして、『これはひどい』とおっしゃったのです」

そう言って栄淳は笑っている。こんな顔もするのだ、と蓮花はその表情を眺めていた。

「私は驚きました。……というのも殿下は当時六歳。読み書きをようやく覚え始めた頃だったからです。横で筆を持って遊んでいるばかりに見えたのに、実は私と柳老師の話を聞いて理解していたのです。この皇子は浮き草のように振る舞われているが、聡明な方なのだと気付きました。天がくださった縁と思い、この時に私はこの方に付いていこうと心に決めました」

「そう……」

ほんの幼い少年の時分から今まで。それだけの時間を、この二人は過ごしてきたのだ。この魑魅魍魎《ちみもうりょう》の住む場所で。そこにのこのこ現れたのが自分なのだ、と蓮花は理解した。きっと栄淳の冷たくて意地の悪い態度も、どこの山猿が潜り込んだ、と不安を覚えているが故の反応に違いない。

「ま、とにかく少々見直しました。柳老師とのお勉強、頑張ってください」

「もちろんよ。でも……ねぇ、栄淳。私にもその体術を教えてちょうだい」

蓮花の申し出に、栄淳は目を丸くした。

「あなたにですか?」

「ええ。小さな力で敵を倒せるんでしょ、女の私にぴったりじゃない」

「いや……妃殿下はこれ以上強くならなくても……」

まぁ栄淳の言い分も分かる。しかし蓮花の武術は道具を使うのが前提。この後宮で威力を発揮するには難しい場面もあるだろう。

蓮花だって劉帆を守りたい。少なくとも邪魔にはなりたくない。自分の身は自分で守る。それに……それにだ。

「だって毎日毎日机の前でしょ、くさくさするから体を動かしたいのよ。思いっきり早駆けをするにはここの庭は狭いし」

「それは……そうですが……」

「では決まり! 明日からよろしくね」

蓮花はそう約束を取り付けると、さっさとその場を後にした。

それから蓮花は、昼は柳老師の教授を受け、夜は栄淳から体術を学ぶこととなった。

栄淳は手取り足取り教えてくれるわけではない。栄淳の動きを真似ていると、たまにそこは違うだの早いだの遅いだのと声が飛んでくるだけだ。けれどそうしているうちに、蓮花は体の仕組みが分かってきたというか、力の流れが理解出来てきた。

「そうですね、今のが良いお辞儀です」

「えっ、本当ですか？　老師」

そうすると不思議なもので、所作や書を褒められることが増えてきた。老師も以前言っていた。指先まで意識を行き渡らせろと。栄淳の教える体術はそういう細かい動作に気を配る動きであり、それが効果を現したようだ。

「栄淳、私近頃調子が良いのよ。身のこなしが随分洗練されたって。きっとこの体術で体の動きが変わったせいよ」

「……そうですね。妃殿下は雑……おおらかでらっしゃいますから」

「何かが体の中を動いている感じがするの」

「それが気です。これを練って体内を巡らせ、力を集めたり散じさせたり操作します」

「すごい……頑張らなくっちゃ！」

そんな日々を送る蓮花の前に、汚名挽回の絶好の機会がやってきた。

「二皇子のお妃様からお茶会のお誘い……ですか。確か以前それでひどい目に遭ってここにいらっしゃったんですよね」

「はい、そうです。いかがでしょう、このお誘いお受けしても良いでしょうか」

蓮花はかなりの研鑽を積んだという自負がある。しかし、それでも不安で柳老師に尋ねた。

「良いのでは。福晋《ふじん》は随分と成長なされた。お茶会にご参加になったとて見劣りはいたしますまい」

「よし！　やったー！」

蓮花は諸手を上げて喜んだ。そんな彼女に柳老師は釘を刺す。

「ただし、まだまだ完璧とは言いがたいですよ！」

「はい、老師！」

老師のお墨付きを得て、蓮花はお茶会に挑むこととなった。

＊＊＊

「――で、本当ーっにお茶の時間なのね」

まずはここをはっきりさせなくてはならない。蓮花は女官たちをずらりと並べて睨みつけた。

「本当です」

「本当に本当〜？」

息がかかるくらい顔を近づけて、蓮花は女官のひとりの前で首を傾げる。

「は、はい」

「ま、いいわ。嘘だったらあなたたちの耳を引きちぎるわよ。二度も聞き間違えるような耳はいらないからね。分かった？」

「……はい」

青ざめて冷や汗をかく女官たち。どうせ野蛮人なら本当にやりかねないとでも思っているのだろう。だがそれで時間を誤魔化すようなことがないならそれでいい、と蓮花は思った。

「さて、決戦は三日後！　万全を期すわよ、アリマ」

「はい、蓮花様！」

それから蓮花は一旦勉強はお休みにして、出来た時間でたっぷりと眠り、髪をくしけずり、肌を磨き上げた。

「……婚儀の時よりも入念にしている気がする」

兎にも角にも、その日がやってきた。

「衣裳よし！　簪《かんざし》よし！　お土産《みやげ》よし！」

「……よし」

アリマの最終確認が終わった。さて、開戦の狼煙《のろし》を上げよう。蓮花は二皇子の宮へと向かった。

「今度は刻限にいらしたのね、妹妹《めいめい》」

「ええ、先日は大変申し訳ございませんでした。お招きいただきまして恐悦至極でございます」

「ほほほ……あらそう」

「ふふふ……」

一見和《なご》やかな、しかし嫌な空気を醸《かも》し出しながらお茶会が始まった。蓮花はお茶と菓子を頂きつつ、大して面白くもない話に相づちを打っていた。

「ねぇ、ご覧になって。私の実家から贈ってきた香炉ですの」

その時、明玉が部屋の奥から女官に香炉を持ってこさせた。どうやら今回はこれを見せびらかしたかったらしい。

「まぁ、素敵な香炉」

「上品なお色ね」

「大嫂子《おねえさま》、さすがですわ。立派なお品」

そう他の妃は次々と褒めそやす。明玉はふふんと得意そうな表情で蓮花の方を見た。

「ねぇ、妹妹《めいめい》。こっちにいらっしゃってご覧になって？」

その顔には「どうせ分からないでしょうけど」と書いてある。蓮花はにこにこと笑顔で彼女の側に近寄った。

「そうですねぇ……うーん」

「こちらをどう思う？　正直におっしゃって」

「……白朝のものでしょうか。写実的な文様が当時をよく表していますね。とても精《せい》緻《ち》な逸品だと思います」

蓮花はすらすらとそう答えた。明玉はあっけにとられたような表情をして、はっと口元を隠した。

「そ、そうね……妹妹《めいめい》の言う通りですわ」

「ほほほ……」

他の妃も蓮花がまともな感想を口にするとは思わなかったのだろう。調子の合わない笑い声がまばらに起こった。

その様子を見ながら、蓮花はよし、と心の中で頷いた。実物の香炉は見られなかったが、この時代独特の文様の写しなら柳老師との講義で見たことがあったのだ。ここのところの勉強の成果が発揮された。

「妹妹《めいめい》、こちらのお菓子はいかが？」

二皇子の妃は気まずさを取り繕うように、蒸し菓子を差し出した。

「ええ、いただきますわ」

蓮花は習った通りのゆったりとした礼をしてそれを受け取った。

まぁ、こんなものかな、及第点だろうと彼女は思った。先ほどから痛いほど明玉の視線を受けていることを除けば。

「……そうだ。お……大嫂子《おねえさま》……？」

自分でも気持ち悪いと感じつつ、くねりと蓮花はしなを作る。弱々しく、可愛らしく頼りなく。そう見せたって決して負けたりなんてしないのだ、と柳老師が言ったことを信じて。

「なんですの、妹妹《めいめい》」

少しぎょっとしながら明玉が答える。その反応に、やはり無理があるのではないかと蓮花は思った。

「あっ、ええと。贈り物があるのです。この間のお詫びも兼ねまして」

「あら、そう。でも私は毛織物などいくらでも持ってましてよ。お気持ちだけ……いただくわ」

先んじて蓮花の口上を封じるように彼女は言い、鼻で笑った。

「いえいえ、違うんです。贈りたいのは……こちらです。アリマ！」

するとアリマが壺を持ってしずしずと入ってくる。

「どうぞ大嫂子《おねえさま》……」

「なんですの……乳？」

壺の中身を見た二皇子の妃は怪訝《けげん》な顔をしている。そんな彼女の耳元で蓮花はそっと囁いた。

「……こちら、叶狗璃留《トゥグリル》の巫《かんなぎ》の秘伝の……美容術ですの」

「……美容」

「ええ、山羊の乳と蜂蜜に山で採れた岩塩と高山に生える各種の薬草を煎《せん》じたものです。山羊の乳はすべすべのきめの細かい肌に整え、保湿いたします。これを湯桶に入れてつかればよく温まり、お肌はつるつるしっとりに……」

それを聞いた二皇子の妃の顔色が変わる。

「つるつるしっとり……」

「ええ。ちょうど素敵な香炉がございますから、香を焚《た》いて花でも浮かべてゆっくりくつろがれるとよろしいかと……」

それから蓮花はあたりを見回して、早口で付け加えた。

「きっと泰王殿下も喜ばれますわ」

「……妹妹《めいめい》。そう、ね。ありがたくちょうだいするわ」

明玉はニヤッと笑うと壺を女官に渡した。良かった。どうやら上手くいったようだ。蓮花が贈り物の極意を聞いた時に柳老師はこう答えた。相手の欲しいものを用意するのではまだ足りない。相手が自分でも欲しいことに気付いていないようなものを見つけ出す。そうすれば相手に深く印象づけられるのだ、と。

明玉はあまりに化粧が厚かった。手も家事をしない身分なのに荒れていた。それで蓮花は彼女にはお肌に悩みがあるのではないか、と踏んだのだ。そこでアリマに相談すると、彼女は祖母から伝えられたこの入浴剤の処方を教えてくれた。

こうして、お茶会はなんとか無事に終了したのだった。蓮花の体面も幾分か回復したのではないだろうか。

——後日。二皇子の妃の使いが宮殿にやってきた。

「……え、山羊の乳を分けてくれって？」

効果は絶大だったようだ。蓮花はほっと胸を撫で下ろした。

ようやく宮廷での戦い方を身につけた、そんな自信が胸の内に湧き上がってくる。

「兄様……」

蓮花は劉帆を助け、皇太子の位を手に入れる。そして蓮花は劉帆の助けを借りてこの宮廷で兄を殺した仇を探すのだ。

「どんな小さな手がかりでもいい。私は必ず見つけ出す」

蓮花は改めて決意を胸に抱きしめた。

さて、后妃の生活というものは、庶民の妻に比べれば生活に不自由はなくとも、退屈なものである。形式的な職務や祭祀への出席などがなければ特にやることはない。彼女らの一番の仕事といえば子孫を残すことなのだが、それ以外は暇を持て余すばかり。それは蓮花も同じだった。

「散歩にでも行こうかしら」

暇潰しの定番と言えば碁や刺繍など。あとは散歩だ。宮殿の中に閉じこもっていても気分がくさくさするし、この後宮は一日で歩き回れないほど広い。兄の仇の手がかりにもしかしたら行き当たるかもしれないし、ひとつ探索してみよう、と蓮花は思ったのだ。

「アリマ、出かけるわよ」

「はい、蓮花様」

蓮花はアリマを伴って宮殿を出た。後宮のあちらこちらには花樹が植えられており、そこに咲く花が目を楽しませてくれる。暖かい日差しの注ぐ穏やかな気候のためか、同様に散歩をしている妃の姿があった。

「ごきげんよう」

「良い天気ね」

すれ違えばそんな風に挨拶を交わし、川面を流れる花びらのように妃たちはそぞろ歩く。

　放牧された羊の群れみたいだ、と思いながら蓮花がそれらを見ていると、どこかで見た顔の妃がこちらに歩いてきたので、蓮花も朗《ほが》らかに挨拶をした。

「ごきげんよう」

「あら……ごきげんよう……うふふ」

　彼女は蓮花を見るとハッとして、口元を隠し足早に立ち去った。

「……ん？」

　その反応に蓮花は首を傾げる。挨拶の作法は習った通りのはずだが、何かおかしいのだろうか。

「ごきげんよう」

「まぁ……」

　それから何度かそんな風な対応をされて、やはりどこかおかしいのだ、と確信する。

　そこに向かいからやってきたのは二皇子の妃、明玉だった。

「ご機嫌麗《うるわ》しゅう、大嫂子《おねえさま》」

「あら、妹妹《めいめい》。ごきげんよう」

明玉はぱっと笑みを浮かべた後、明らかに気まずい顔をして眉根を寄せる。

あの一件で、彼女の蓮花への風当たりは弱まった。そのはずなのだがやはり何か様子がおかしい。蓮花は思い切って彼女に聞いてみることにした。

「大嫂子《おねえさま》……。私、どこかおかしいでしょうか。散歩をしているだけなのに、なんというか、こう……ジロジロ見られるのです」

そう聞くと、明玉は少しびっくりした顔をしていたが、こほんとひとつ咳払いをして蓮花の耳元に向かって囁いた。

「刺繍よ」

「……刺繍？」

なんのことか分からず、ぽかんとしていると彼女はさらに続けた。

「薔薇の花は皇帝の寵姫でらっしゃる江貴妃がことさら好んでいるの。だから皆、薔薇の刺繍は身につけないのよ……。以前に薔薇の刺繍を着た妃は嫌がらせをされたり、親族が降格したりしたわ」

「ええ……!?」

薔薇の刺繍なんてありふれたものではないか、と蓮花は納得出来なかったが、それが暗黙の了解となっているのならば文句を言ったところで意味はない。

「普通は女官がみな承知していて、妃にそんな衣裳を着せることはないと思うのだけど……とにかく早く戻って着替えた方がいいわ。江貴妃に会ったら大変よ」

「はい、ご親切にありがとうございます」

蓮花は明玉に一礼すると、足早に宮へと戻った。

「なんなの、もう！」

蓮花は帰って衣裳を脱ぎ捨てると、服を用意した女官を呼び出した。

「これはどういうことなの？　あなたは薔薇の花の刺繍の意味を知っていたの？　これを着て歩いたら私が恥をかくと知っていたの？」

「あ、あの……それは、尚服局から持ってこられたものでして」

先日の蓮花の烈火のごとき怒りを見ていた女官は震え上がりながら答えた。

「わ、私……新入りで、本当に知らなかったんです……」

床に突っ伏すようにして不手際を詫びる女官を見て、蓮花はもうこれ以上詰め寄っても仕方がないと諦めた。

「いいわ、今度から気をつけてね」

とはいえ、また同じようなことがあったらたまったものではない。元はと言えばこの服を寄越した尚服局が悪い。尚服局とは衣服や装飾品を司《つかさど》る専門の部署だ。そこから度々《たびたび》このような真似をされては困る。蓮花は仕方なく直接文句をつけようと尚服局に向かった。

「責任者を出してちょうだい」

薔薇の刺繍の服を片手に、蓮花はお針子たちが作業をする部屋の中に乗り込んだ。

「陳仙月《ちんせんげつ》と申します。何かございましたでしょうか」

そこに五十がらみの厳しそうな細い目の女性が現れた。

「この服なのだけど、薔薇の刺繍が入っているの。後宮ではこれは江貴妃しか着られないと伺ったのだけど、どういうつもりなのかと」

「ああ、手違いでございましょう」

しれっとした顔で仙月は答えた。謝罪の言葉すらない。蓮花は苛立ちを抑えつけながら言葉を続けた。

「手違いで済むと思っているの？　それとも薔薇の刺繍の意味が分からないとでも？」

さらに蓮花が問い詰めると、仙月は口元に笑みを浮かべて答えた。

「お分かりになってよろしゅうございました。かの地は草しか生えてないとお聞きしたもので」

「な……」

　蓮花は絶句した。これでは分かっていてわざとやった、蓮花が田舎者だからと言っているのも同然だ。要するに、皇太子妃にもなりもしない、異民族の妃など軽んじて当然とこの女は思っているということだ。

「もういいわ」

　服を投げ捨て、蓮花は大股でその場を後にした。

「あったまきた！　そうくるなら私にも……」

　考えがある、と続けようとして蓮花は足を止めた。あの尚服局に反省させるために自分には何が出来る、と考えると特に妙案が浮かばない。かといって、このまま引き下がるのも悔しい。

「……そうだ！」

　蓮花は行き先を変更して、後宮書庫へと向かった。

「……と、いうわけなのです。お知恵を貸していただけませんか柳老師」

「ふむ」

　相談に行った先は柳老師の元だ。知恵があり経験の豊富な彼ならば、何かいい案を考えてくれるのではないかと思ったのだ。

「まぁ、それならば福晋《ふじん》のことを無視出来ないようにすればよろしいかと」

「そんなこと、出来るんですか」

「そうですね……」

柳老師はなんだかわくわくと嬉しそうな顔をしながら、書棚の奥に消え、しばらくすると巻物を手に戻ってきた。

「これは過去の後宮での出来事が綴《つづ》られたものです。確かこの……ほら、ここです」

「……これがどうかしたのですか」

「これから思いついたことがあるのですよ。それは……」

柳老師は蓮花に耳打ちした。

「そんなに上手くいくでしょうか」

「上手くいかなくてもこちらに痛手はありません」

それもそうだ、と蓮花は頷いて、さっそく柳老師の一計を実行に移すことにした。

「確かあったわよね、ああこれ」

蓮花は嫁入り道具を仕舞ってある倉を捜索して、目的のものを探し出した。若々しく淡い色合いの絹織物である。

さて、これをある人物に渡さなくてはならない。ただ、蓮花から直接手渡すことは出来ない。なぜならその人物は後宮の外にいるのだ。

「劉帆がなんて言うかしら。でも……とにかくやってもらわないと」

蓮花だって抵抗がある。劉帆はもっと驚くだろう。だが躊躇《ちゅうちょ》していたら何も始まらない。

少しばかり嘆息しながらそれを持って劉帆の元に行く。書斎で何か書き物をしていた劉帆は蓮花が抱えているものを見て怪訝《けげん》な顔をした。

「なんだ、その反物」

「これは叶狗璃留《トゥグリル》の反物。実はね……」

蓮花は尚服局から届いた衣裳が江貴妃の好きな刺繍の柄で、笑い者になったこと、場合によっては笑い事では済まなかったこと、そしてそれを指摘しても尚服局は蓮花を軽んじていることを伝えた。

「そこで劉帆にお願いがあるの。これを天下一の妓女、王翠蘭《おうすいらん》に贈ってちょうだい」

「……妓女に？」

「ええ、身分を明かせば劉帆ならきっと会ってくれるわ」

そう主張する蓮花を、劉帆は変わった生き物でも見るかのような目で眺めている。

「夫に廓《くるわ》通いを勧めるのか……」

「ぎっ妓楼に行ったことくらいあるでしょう。この際、一緒にお酒を飲む程度なら許します」

故響から旺に来る道中、蓮花は妓楼にいる劉帆の姿を見た。多分あれは付き添いの官吏の前で馬鹿な皇子を演じるためだったのだと、もう蓮花には分かっていた。しかしそれが出来るならこの頼みだって聞けるはずだ。

それでもまだ微妙な顔をしている劉帆に、蓮花は自分の企みの全貌を話した。

「そういうことなら……」

なんとか劉帆の了解を得た蓮花は、自分の部屋に戻る。そして机の上に別の反物を広げた。

「これでよし、あとは……アリマ！　アリマのお裁縫の腕、見せてちょうだい」

「そんな……大したことありませんよ。それに刺繍なら蓮花様の方が見事です」

「私は私でやることがあるのよ」

蓮花は叶狗璃留《トゥグリル》から運んできた絹地で服を作ることをアリマにお願いした。本来なら尚服局のお針子に頼めばいいのだが、今回は内密にしたいので頼むことが出来ない。

「さぁ、忙しいわ」

蓮花はジャキンと反物にはさみを入れた。

それからしばらくして蓮花の企みが功を奏したのだろうか、こんな噂が流れてきた。

「ねぇねぇ、聞いた？　皇帝陛下が宴席に、王翠蘭をお召しになるそうよ」

后妃の間に、誰に聞いたのかこんな話が飛び交った。

「おかげで江貴妃の機嫌が悪くて大変らしいわ」

「でも、陛下は彼女が悋気《りんき》を起こさぬように、と他の妃嬪《ひひん》を侍《はべ》らさず妓女を呼んでいるわけでしょう？」

表向きは美しく装っても、その足下は泥も同然なのが後宮である。何かの折に寵妃の立場に影が差しそうになれば、他の誰かが、いや自分が次の寵妃かもしれないとざわつくのであった。

そしてもうひとつの関心事があった。それは呼ばれた妓女、王翠蘭だ。妓女と言っても宮殿に呼ばれるほどの人気の妓女である。ただ美しいだけではない。教養はもちろん、歌や楽器の演奏も一流。その仕草や振る舞い、そして髪の結い方、身につける服や装飾品を、皆どうかひと目見たいと思っていた。

殿方を夢中にさせるために研ぎ澄まされた、市中で流行《はや》っている最先端の装いがどういうものか、誰もが興味津々だったのである。それに皇后や江貴妃の装いを真似るのは気が引けても、王翠蘭のものならば真似ても咎められることなどない。

「あー……やっと出来たわ」

后妃たちが噂を囁き合う中で、蓮花はようやく自分の仕事を終えた。

「あとは宴を待てば良し」

そして皇帝の宴に王翠蘭が呼ばれる日がやってきた。彼女が宮殿に入るところを誰もが覗き見ようとしたし、宴席に出席出来る妃たちも彼女に目が釘付けとなった。

「このような席にお呼びいただき光栄ですわ。ひとつ舞をご覧に入れましょう」

そうして舞った王翠蘭は柳の揺れるように優雅で、花びらのように可憐で、その場の者を魅了した。彼女が身につけていた衣裳は淡い緑の絹地に白い紗《しゃ》を重ねたもので、季節の庭を映したかのようだった。

「素敵だったわね」

「ええ、白い肌が映えて」

そこから緑の衣裳を着る后妃の姿が目に見えて増えた。皆、王翠蘭の真似をしているのである。これで少しでもあの日の王翠蘭の面影を感じさせて、皇帝や夫の歓心を得たいというささやかな女心だ。

蓮花は散歩と称し後宮をそぞろ歩きながら、だらしなく口元が緩むのを隠していた。

「ふふふ、では最後の仕上げといきましょう」

蓮花は部屋に山となっている手巾を手にした。それは劉帆の手を通して王翠蘭へ渡された緑の絹の反物と同じものを切って縫い、蓮花が刺繍を施したものだ。

蓮花はそれを、ほんの少しでも会ったことのある后妃に贈り物として配った。

「さて、散歩に行きましょう。アリマ」

その上で蓮花はアリマの仕立てた衣裳を着て、後宮を歩き回った。出来上がっていたものに少し手を加えて、王翠蘭の着ていた服の形に寄せてある。蓮花は何も言わないが、着道楽な者は気付いたはずだ。あの日の王翠蘭の衣裳の生地と全く同じだということに。その上、蓮花の贈った手巾を見れば分かる。自分の衣裳の緑色とはどこか違うということに。何しろそれは王翠蘭が着ていた衣裳の布と全く同じなのだから。

「さて、今頃困っているかしら」

蓮花は部屋でくつろぎながら尚服局の責任者の顔を思い浮かべていた。

そしてその日は思ったよりも早く来た。尚服局から見事な仕立ての薄衣の領巾が届いたのだ。それには絹糸で繊細に、白い蓮の花が縫い取られている。

「それじゃ、行きますか」

蓮花は例の緑の衣裳の上にその領巾を羽織ると、尚服局へと向かった。

「斗武南福晋《ふじん》、ようこそいらっしゃいました」

こないだとは打って変わった責任者の仙月の態度に、蓮花は笑いそうになる。でも、その前に建前の挨拶だけでもしておかなくてはなるまい。

「今朝届いたこの領巾、とても素敵ね。気に入ったわ。特に刺繍が……これを手がけたのは誰かしら」

「私で……ございます」

どうやら仙月自ら針を手にこれを作ったようだ。

「そうなの。私も刺繍は得意な方だけれど、とても及ばないわ。大したものね」

「はい……」

仙月はそう答えながらも、蓮花の服に目が釘付けになっている。

「さて、そろそろいいかしら」

まだるっこしいやり取りは性に合わないのでここまでだ。蓮花は単刀直入に聞いた。

「この服の生地が何で染められているか分かるかしら」

そう聞くと、仙月は悔しそうに口の端を歪めて答えた。

「……孔雀石《くじゃくいし》ではないかと」

一発で当てた彼女に、蓮花はさすがは帝国の後宮の衣装を管理する者だ、と内心舌を巻いたが顔には出さず、澄まして答えた。

「そうね、正解よ。でも沢山の孔雀石《くじゃくいし》を急に手に入れるのは大変なことね。なんせ、産出するのは北方の異国ですもの」

「はい……」

さあ、いよいよ仕上げだ。蓮花は服の布地を撫でながら、微笑んだ。

「いつもは叶狗璃留《トゥグリル》を経由して輸入しているはず。でも、今欲しいのよね。お妃たちはうるさいから。かといって手に入るまで悠長に待っていたら皆次の流行に移っているでしょうね」

蓮花の贈った手巾と同じ色合いのものを、と妃たちは何度も注文するだろう。だが、それは一時のことでそう長続きはしない。流行が終わればそれまでだ。そうして残るのは用無しの大量の孔雀石《くじゃくいし》。満足に布を用意出来なかったと思われた上に、それが帳簿を管理する尚宮局などの目に止まれば仙月の面目は丸潰れである。

「孔雀石《くじゃくいし》の取り寄せに口をきいてあげてもいいわ」

「ほっ、本当でございますか」

「ただし、そちらが今後はしっかりとお仕事をしてくださるのが条件よ」

「肝に銘じまして、お約束いたします……」

責任者は頭を下げ、深々とお辞儀をした。これで勝った、と蓮花は確信した。

「そう、分かっていただけてうれしいわ」

蓮花は本当は飛び上がりたいのを我慢しながら、尚服局の出口へと向かった。

そのまま帰ろうとして、ふと足を止める。

「……いかがいたしました？」

「ねぇ、尚服局はこの後宮の衣服や装飾品を司《つかさど》っているのよね」

蓮花は仙月に問いかけた。念のため、聞いておきたいことがあったのだ。

「はい、さようでございます」

「白銀の……狼の毛皮を知らない？　とても見事なものよ」

「いえ……そういったものは特に。妃の方々が個人的に手に入れたものでしたらこちらにも分かりません」

「そう……。もしそういったものが手に入りそうだったら教えてちょうだい」

「かしこまりました」

こうして蓮花は尚服局を後にした。

「手がかりはなかったか……けど、私はやったわ！」

尚服局を懲《こ》らしめるために柳老師が練った策とは、つまりこういう内容だった。後宮では度々《たびたび》、売れっ子娼妓の装いが流行《はや》ったことがある。大体は皇帝などの宴に侍《はべ》った妓女を真似て、というのがお決まりのようだ、と老師は記録から考えていた。

なので、こちらから流行を作ってしまおうとしたのだ。その流行が蓮花の存在を無視出来ないものだとしたら尚服局はこちらに頭を下げるしかなくなる。

「だからって自分の夫を妓楼に送り込むなんて本当はしたくなかったけど」

しかしそのためにはそれなりの身分の男から、あの絹地の反物を王翠蘭に渡してもらう必要があった。劉帆から、この反物で仕立てた衣裳を宴に着てきてほしいと頼んでもらう。皇子からのお願いならば、そう無下にはしないだろう。彼女の方だって上手くいけば妾の一人にでも潜り込める可能性がある、といった打算が働いたかもしれない。

だから王翠蘭があの緑の衣裳を着た段階で、蓮花はほぼ勝利していたのだ。

「あー、久しぶりにお昼寝でもしよう」

肩の荷が下りた蓮花は、さっさと自分の部屋に帰ると穏やかな午睡を楽しんだ。

一方で、少し困った事態になっている者がいた。

「あの……また手紙が来ています。例の王翠蘭から」

「ん、適当にお前が返事をしておいてくれ」

「……さようでございますか」

こうして、堅物の側近栄淳は妓女からの色っぽい手紙の返信の文面に頭を悩ませることになったのだった。

第三章

「斗武南福晋《とむなむふじん》、ごきげんよう」

「あらごきげんよう」

贈り物をした効果があってか、あれから遠巻きにしていた他の妃たちなどにも声をかけられるようになった。蓮花のお妃生活も安定してきたと言えるだろう。

かつてのような詰め込みではないが、柳老師の元に通い勉強も続けている。栄淳との武術の練習も日課になっていた。

「充実してるわー」

蓮花はしみじみと呟き、アリマの淹れてくれた奶茶《おちゃ》を啜《すす》った。それを見てアリマも頷く。

「ええ、蓮花様は立派でございます。あとは殿下のお渡りがあれば……」

「ああー!! アリマ、それは言わないで」

蓮花は両手で顔を覆う。そうだ、そうなのだ。慌ただしさで誤魔化してきたけれども、もはや直視せざるを得ない事実がある。それは婚儀から今日この日まで劉帆が部屋に来ることはあっても、二人の間に夫婦の営みが一切ないということである。

蓮花はちらりと部屋の隅を見る。そこには柳老師から借りた房中の本《例のアレ》がぽつんと置いたままになっている。蓮花は深くため息をついた。

輿入《こしい》れの時はこの男と夫婦になるなんて冗談じゃないと思ったけれど、それは誤解だった。実際の劉帆は思いやりも信念もある男性で、夫として不満なんてない。

「なんでかしら？　私そんなに魅力がない？」

「いいえ、蓮花様は大変にお綺麗でいらっしゃいます」

「はーっ、そうよね。アリマはそう言うわよね。昔っからそうなんだから」

蓮花はそれを聞いて余計に落ち込んでしまった。アリマは内心ため息をつきながらそんなことないのに、と思う。艶《つや》やかな髪、陶器のような色白の肌、そして吸い込まれそうな金の瞳。それに日々運動をしているおかげだろう、しなやかに引き締まった体の線。女のアリマからしても見惚れるほどの美貌を持つ自慢の女主人なのだが。

「大丈夫ですよ、蓮花様。殿下はちょっと気が向かないだけではないでしょうか」

「う……うん……」

それが問題なのだ。婚姻を結んでおいて気が向かないで済む話なのだろうか。アリマの慰めの言葉に蓮花はぼんやりと頷いて、深刻そうに眉根を寄せるのだった。

「やっぱり妓楼に行ってこいって言ったのを怒ってるのかしら……」

ちゃんとわけは話したけれど、と蓮花はさらに頭を悩ませた。


「殿下、市場で仕入れた立派な桜桃《さくらんぼ》でございますよ」

「おお、美味そうだな。どれどれ」

山盛りの桜桃《さくらんぼ》を籠に入れた女官と出くわした劉帆は、そこから一房つまんで口にする。

「いやですわ、そんなつまみ食いなどして」

「ははは、美味しいよ。今日の食後に出してくれ」

「はぁい」

他愛のないやりとりである。しかし今日はそれをじっと見つめている者がいた。そう、蓮花である。

「ほ、他に女がいるのかしら……」

劉帆だって健康な男性である。一切欲望を抱かないなんてことはないはずだ。蓮花は柱をぎりぎりと掴んでその陰から様子を窺っていた。

「何してるんです」

「わっ⁉」

上から降ってきた声に振り返ると、栄淳が呆れたような顔をして蓮花を見下ろしていた。

「あっ、いやっ……」

「別にいいですけど」

栄淳は特に興味なさそうに蓮花の横をすり抜けると、劉帆に声をかける。

「殿下、そろそろ参りましょう。西国の使者と会見のお時間です」

「ああ、そうだな」

二人は連れだって、職務に向かってしまった。

「むむむ……」

劉帆は栄淳の肩に親しげに腕を回していた。自分には決してあんなことをしないのに。蓮花はどうにも納得出来ない思いに捕らわれる。

「まさか」

劉帆は女に興味がないのではないか。そう頭に浮かんだ考えを慌てて否定する。

「な、仲が良いだけよ。だって子供の頃から二人は一緒だったんだもの。ずっと……ずっと……」

とはいえ、急に不安になっていく。蓮花は大きく頭を振って、庭に出た。

「ソリル、ソリル」

そうして向かったのは厩舎《きゅうしゃ》だった。気分の塞ぐ時は愛馬の背に乗るに限る。蓮花はそれから日が暮れるまで庭中をソリルに乗って歩いていた。

「おい、蓮花。蓮花！」

やがて、暗くなっても馬から降りない蓮花を見かねたのか、職務を終えた劉帆が庭に出てきた。

「そろそろ夕餉《ゆうげ》だぞ。一体どうしたんだ？　日も落ちたし戻ろう」

劉帆はソリルの手綱を掴んで、蓮花の顔を心配そうに覗き込んでいる。

「……そうね」

蓮花はしぶしぶ馬から降りた。一体何をしているのだろう。自分が嫌になりそうだ。

「ぶるるる」

「わっ、やめろって」

そんな蓮花の気持ちを察したのかどうか、ソリルは劉帆の袖に噛みついて引っ張っている。

「おい……蓮花、こいつをなんとかしてくれ！」

「くっ……あははは」

いたずらをやめる気のないソリルと困り果てた顔をした劉帆がおかしくて、蓮花はようやく笑った。

くよくよと悩むなんて自分らしくない。笑いながら蓮花はようやく覚悟を決めた。

「劉帆。後で部屋に来てくれる？」

「どうした？」

「……話があるの」

「分かったよ。行けばいいんだな」

夕食を終えると蓮花は早々にアリマを下がらせて、劉帆が訪ねてくるのをそわそわと待った。

「おい、蓮花」

「は、はいっ」

来た。いそいそと戸を開けると劉帆が怪訝《けげん》な顔をして立っていた。

「なんだ、蓮花。話って」

「……とりあえず入ってくれる？」

戸口で話を済まそうとする劉帆を部屋の中に引き入れる。すると劉帆はますます怪《け》訝《げん》な顔をした。

「これ……香を焚《た》いているのか」

「あ、うん。そう……」

そういった雰囲気作りも大事だと例の本に書いてあった。上質な沈香が焚《た》きしめられた部屋の中で、蓮花と劉帆は向かい合って座った。

「さて、用件は？」

「ええーと……その……」

真正面から聞こうと決めたものの、いざとなると恥ずかしい。

「蓮花、別の日にしようか？」

「あ、ちょっと待って！　話す、話します」

蓮花は深く息を吸って、ようやく切り出した。

「劉帆、私たちが婚儀を挙げてどれくらい経ったかしら」

「うーん、二か月くらいか」

「そうね……で、聞きたいんだけど」

蓮花はそこで言葉を切ると、劉帆の肩をがっしりと掴んだ。

「今日の今日まで、夫婦らしいことがひとつもないのは……！　なぜかしら⁉」

「えっ？」

「えっ、じゃないわよ。どうして寝室に来ないわけ⁉　私たち夫婦でしょう」

「ああ……そうだな……」

劉帆は視線を泳がせ、どうも歯切れが悪い。

「私、そんなに魅力がないかしら？」

「そんなことは……ないよ」

そう言われても納得なんて出来ない。蓮花は噛みつくようにして劉帆を問い詰めた。

「それとも他に女がいるの？」

「いないって」

「じゃ、じゃあ、男の人の方が好きなのかしら。ずっと栄淳と一緒だし……もしそうだとしたら」

「待て待て！」

また突拍子のないことを言い出した蓮花に、さすがに劉帆が大声を出して否定する。

「栄淳はただの側近！　そりゃ幼少の頃から側にいるが」

「だったらなんでなのよ！」

蓮花は劉帆の首に手を回してのしかかる。二人はそのまま床の上に倒れ込んだ。

「わっ、蓮花！　ちょっと待て」

「十分待ちました！　大丈夫、心配ございません。書物にて学びましたし、馬や羊のそれならいくらでも見たことがあるわ！」

「話を聞けって！」

劉帆は蓮花を押しのけようとした。だが、どういうわけか蓮花はびくともしない。小さな体からは信じられないような力で劉帆を押さえつけている。劉帆は蓮花を押しのけるのを諦め、静かな声で呟いた。

「……あのな。俺は願掛けをしているんだ」

「……願掛け？」

「皇帝に皇太子として指名されるまでは、俺は女を断つと決めているんだ」

「ええ……？」

蓮花の力が緩んだ。その隙に劉帆は蓮花の下から抜け出して立ち上がり、衣服の裾をサササッと整える。

「だからな、別に蓮花が嫌いなわけでも他に誰かいるわけでもない」

「……そうなの？　でも、夫婦はまた別なのでは？」

それでも蓮花は不満そうだ。劉帆はしょんぼり項垂《うなだ》れて座り込んでいる蓮花の手を取って立たせた。

「あのな……夫婦だからだよ。もし今、蓮花が孕んだら、俺はまだ守ってやれない」

「え……」

かぁっと火がついたように蓮花の頬が染まる。劉帆は薄く笑うと、その額に手をやった。

「だからいい子で今日はお休み」

そして、そこに口づけをすると、呆然とした顔のままの蓮花の部屋を後にした。

「守ってって……馬鹿じゃないの……」

蓮花はそう呟いたが、その表情は嬉しそうだった。

一方、劉帆は一人でぶつぶつ言いながら廊下を歩いていた。

「……まったく……危ない」

じっと手のひらを見つめる。そうすると蓮花の華奢で柔らかな体の感触が蘇《よみがえ》ってくる。それから頬にかかった長い髪の香りと、あの蜂蜜みたいな不思議な色の瞳。

「ああ！　もう！」

劉帆は頭を掻きむしり、冷たい水を浴びに井戸へと向かった。

＊＊＊

その知らせはあっという間に宮中を駆け巡った。

「いやぁ、久々ですね」

「忙しくなりますぞ」

何かというと宴だ。だが、ただの宴ではない。

皇帝の誕生日を祝う宴、万寿節の知らせに、誰も彼もが浮き足立った。と、いうのも宮廷はこの三年間、皇太子の喪に服しており、大規模な催《もよお》しは先日の劉帆と蓮花の婚儀があったのみ。それからしばらく間を置いて、ようやく華やかな遊びが解禁された、というところだ。

「皇帝の宴ってどんなの？」

庭の東屋《あずまや》でお茶を楽しんでいた時にその知らせを聞いた蓮花は、皆が一斉にそわそわし出したので不思議に思った。そんな蓮花の疑問に栄淳が答えた。

「皇帝陛下の生誕の宴ともなると、数日かけてご馳走をいただきながら、舞や劇などの出し物を見たりして楽しむのです。その準備もありますし、出席する方やそのお付きの方、それから給仕まで衣裳を一新して挑むので……まぁ……大変です」

「うわぁ……」

それはそうだ。だけど、そこまで豪華な宴は初体験の蓮花は少し楽しみだった。だが……

「で、劉帆はなんでそんな顔をしているの」

準備は確かに大変だろうが、それにしても険しい顔で彼は眉根を寄せていた。

「それだけじゃないんだよ」

そう言って劉帆はため息をつく。

「皇帝陛下は誕生日祝いの宴の度《たび》に、皇子たちを集めて力比べをするんだ」

「力比べ？」

いまいち想像がつかなくて蓮花は首を傾げる。

「ああ、何日もかけてまるで品評会みたいに技能や能力を競わせる……」

「それってどんな競技をするの？」

「詩や馬術や……色々だ。お題は当日のお楽しみということで伏せられてる。ただ、これまでの傾向で多少の予測はつくかな。毎度毎度、俺は適当にやり過ごしていたから問題はなかったんだが……」

と、口にして蓮花を見る。

「蓮花、今回俺は全力を尽くし挑もうと思う」

「それって……」

「ああ、俺の本当の実力を見せる良い機会だと思っている。ただ……それは他の皇子たちに喧嘩を売ることにもなるんだ」

なるほど、劉帆が難しい顔をしていたのはそういうわけか、と蓮花は思った。だとすれば、蓮花が言うべきはひとつだ。

「やっちゃいなさいよ、喧嘩。他の皇子たちに向かって、一番皇太子にふさわしいのは自分だって見せてやんなさいって」

「……蓮花、これできっと潮目が変わる。覚悟してほしい」

「私は大丈夫！　手助けするって言ったでしょ。弓や馬術とかだったら私も指南するし！」

そう答えて蓮花は劉帆の背中を強く押した。とうとう他の皇子との争いが始まる。蓮花は劉帆と手を組むと約束したのだ。一度した約束をふいにするつもりは毛頭ない。

「ありがとう」

劉帆は感謝を口にすると拳をぎゅっと握りしめた。

「これは福晋《ふじん》の舞も負けていられませんね」

栄淳に言われ、蓮花はぽかんとして彼を見上げた。

「……舞？」

その何も分かっていない表情を見て、劉帆と栄淳は顔を見合わせた。

「もしかして何も聞いていないのか？」

「宴の前夜の舞の披露ですよ。皇子の妃がそれぞれ舞を陛下に献上するのです」

「え……ええ!?」

そんなことは初耳の蓮花は、驚いて茶菓子をぽろりと取り落とした。

「舞ならば蓮花様はお得意ではないですか」

あっけらかんとアリマは言うが、事はそう単純ではない。

「それは叶狗璃留《トゥグリル》の舞でしょ。旺の舞は知らないもの。先生が必要だわ」

叶狗璃留《トゥグリル》で読み書きはみっちりと勉強した。だけど舞までは習っていない。

「それは……さすがに柳老師は頼れませんね」

「そうなのよ」

誰かに先生になってもらわなくてはいけないが、蓮花には心当たりがない。気を許せる旺人など、本当に数えるほどしかいないのだ。

蓮花が難しい顔をしていると、すっと手を挙げたのは栄淳だった。

「福晋《ふじん》、よろしければその件、私に任せてはもらえないでしょうか」

「栄淳……いいの？」

「はい。福晋《ふじん》がもし失敗すればそれは殿下の恥。力比べを前に殿下の評判を損なうようなことは出来ません」

いちいち引っかかる物言いではあるが、協力してくれるということらしい。

「お願いするわ」

栄淳が探してきてくれる人物ならば信用出来るだろう。蓮花はその申し出を受けた。


――バスッ。

中庭に作った的に劉帆の放った矢が突き刺さった。

「どうだ？」

「そうね。ちょっと貸して」

蓮花は劉帆から弓を受け取ると、代わって矢をつがえる。

「体重を後ろに意識して。それと左肩が上がっていたから気をつけて」

そうして放った矢は、的の中心を射貫いた。

「こんな感じよ」

「大したものだ」

「この距離で動いてない的だもの」

大仰に褒められた蓮花は頬を赤らめて謙遜するが、劉帆は首を横に振る。

「いいや頼もしいよ。よろしく頼むよ、先生」

「もう……いいからもう一度」

力比べの日に備えて、二人は弓と馬の特訓を始めた。毎年そのどちらかは出題されていたというし、蓮花が劉帆に教えられることはそれくらいだったからだ。

それにしても、と蓮花は胸の内で呟く。こんなに長い時間一緒にいるのは初めてかもしれない。まるで仲睦まじい普通の夫婦のように思えて、蓮花はむず痒《かゆ》い気持ちがした。そんな場合ではないというのに、と蓮花は自分で自分の頬を叩いた。

「福晋《ふじん》、お取り込み中に失礼します」

そんな時に急に声をかけられ、蓮花はびくっとして振り返る。するとそこには朝から姿を見なかった栄淳がいた。

「あら栄淳」

「福晋《ふじん》の舞の指南をする者をつれて参りました」

「まあ……随分早く見つかったのね」

栄淳ならば手早く最適な人物を見つけてくれるとは思っていたが、半日ほどで連れてくるなんて、と蓮花は驚いた。

「はい、身内ですから……おい、入っておいで」

栄淳に声をかけられて、柱の陰から顔を出したのは蓮花より年下に見えるおっとりとした丸顔の少女であった。

「李玲玲《れいれい》と申します」

「私の従姉妹にあたります。年若ですが、一族で一番舞が得意なのです」

「そう……」

やはり急な話できちんとした師匠に頼むことは出来なかったらしい。しかし重要なのはこの急場をしのぐことなのだ、と考えて蓮花は頷いた。

「玲玲、よろしくね」

「はっ、はい」

玲玲は随分と緊張している様子だった。このような場には馴れていないのだろう。

「玲玲は引っ込み思案であまり外に出たことがありません。世間知らずなところがあります。もし無礼を働いたら私に言ってください」

「栄淳、そんな言いつけるみたいなことしないわよ。……それよりも彼女の舞を見せてくれるかしら」

あの気難しい栄淳の目にかなうのならばそれなりの実力だと思うのだが、蓮花はこの綿毛のようなふわりと儚い少女がどう踊るのか見てみたかった。

「玲玲、福晋《ふじん》がお前の舞を御所望だ」

「はい……」

玲玲はふう、と息を吐くと、肩巾を手にして舞い始めた。

初めは柳のように。舞い散る花びらのように可憐に。裙《もすそ》を翻《ひるがえ》してくるくると回る様は孔雀のように優雅で意外なほどに力強かった。

「素敵!!」

蓮花は思わず手を叩いていた。

自信なさげに見えて、玲玲の舞は素晴らしいものだった。栄淳から武術の指南を受けている蓮花には彼女の爪の先まで意識が行き渡っていることが分かる。

「玲玲、あなたの舞は本当にすごいわ」

少々侮っていた、と反省しつつ、蓮花は玲玲の手を取った。

「よろしくお願いします。先生」

「はい、お力になれるよう尽くします」

こうして、蓮花の舞の特訓が始まった。


「た……た……痛……」

「じっとしてください蓮花様」

痛みに呻く蓮花の全身に、アリマが打ち身や筋肉痛に効く軟膏を塗っていく。

蓮花はひどい臭いに顔をしかめた。

いつもは使わない筋肉を酷使したせいで蓮花の全身は今、筋肉痛に襲われている。

「振り付けだけ覚えればいいと思っていた私が甘かったわ」

さっそく舞を覚えようと基本の振り付けを習ったのだが、玲玲のやっているように踊ろうと思うと、静かな動きに見えてびっくりするほど体中の筋肉を使うのだ。

「叶狗璃留《トゥグリル》の踊りとは根本が違うんだわ」

叶狗璃留《トゥグリル》の舞は体を大きく動かし、動的である。旺の舞はそれとは正反対だ。

「劉帆の稽古《けいこ》もあるし、宴まで忙しいわね……あっ痛！」

蓮花は気を抜いた瞬間に襲ってきた筋の痛みに悲鳴を上げた。


——それから三日が過ぎた。

住まう宮殿の広間にて、くるりくるりと蓮花が舞っている。最初のぎこちなさはもはや見る影もなく、優雅な舞を身につけていた。

「……ふう」

踊り終えた蓮花は額にうっすらと滲《にじ》んだ汗を拭《ぬぐ》う。

「ご立派ですわ福晋《ふじん》」

蓮花の出来映えに玲玲は微笑みながら手を叩いている。

「玲玲の舞の足下にも及ばないわ」

「あら、たった三日ですのよ。信じられない上達ぶりですわ」

「そうね。今回は時間がないから……でも私、もっと上手に踊りたいわ。玲玲、また来てちょうだい」

「ええ、もちろんです」

「衣装の準備も出来たし、とうとう明日が前夜祭ね」

蓮花は先ほど尚服局から届いた衣装を手に取った。薄桃色の可憐なそれは、今回の振り付けに合わせて頼んだものだ。

「やってやるわ」

準備は万端だと、蓮花は自信に満ちた笑みを浮かべた。


ついに前夜祭の日がやってきた。今夜は明るい満月が空に輝いている。きっと明日の万寿節も晴れ模様で迎えられるだろう。

「顕王殿下、嫡福晋《ふじん》のおなりです」

蓮花は劉帆に伴われ、正殿の広間に入る。

皇帝の妃嬪《ひひん》の中でも高位の者、そして皇子とその妃たち。参加者のほとんどを皇族とそれに連なる者だけに限った宴席ではあるが華やかである。蓮花は場の雰囲気に呑み込まれそうになるのをぐっと堪《こら》えた。

「皆の者、明日は万寿節だ。今日はその祝いの前に集《つど》い語らう、気楽な席だ。大いに飲んでくれ」

「はっ」

宴が始まり、料理と酒が運ばれてくる。

「……」

「蓮花、緊張しているか」

言葉少なな蓮花に、劉帆が耳打ちをした。

「ええ、少し」

「栄淳はああ言ったが、失敗したってなんてことはないぞ。この中では一番新参の妃なのだ」

張り詰めた顔の蓮花の緊張を解こうと劉帆はそう言ったのだろうが、蓮花は小さく首を振った。

「嫌よ。初めから負けるつもりの勝負なんてするつもりはないわ」

「……それでこそ蓮花だ」

劉帆はふっと微笑むと、杯を飲み干した。

さざめきのようなおしゃべりと共に宴席は和《なご》やかに進行し、ついに終盤となった。

「陛下、今宵は皇子の妃たちの舞を用意しております」

皇后は微笑みながらそう告げる。

「ああ、楽しみにしていた。そなたたち、朕を楽しませておくれ」

「はっ」

蓮花を含めた妃たちは礼をして、一旦広間から退出した。

「急いで着替えないと」

蓮花は舞の衣装を身につけ、広間に向かう。すると、廊下の端に何やら蹲《うずくま》ってい
る宮女がいた。

「あら、あなたどうしたの」

蓮花が声をかけると、その宮女は急にすっくと立ち上がり、何かを蓮花に浴びせか
けた。

「ああっ……!?」

何が起こったのか分からず、蓮花は驚いて飛び退《の》いた。

「れ、蓮花様……っ! ご衣装が!」

悲鳴のような声でアリマは叫ぶ。蓮花がその声にハッとして自分の衣装を見ると、
真っ黒な液体がぶちまけられていた。これは墨だ。

「な……あの女はどこに……!」

驚いている間に先ほどの宮女は行方をくらませていた。

「なんてことでしょう。捕まえないと……!」

「アリマ、今は時間がないわ。それよりも衣装をどうにかしないと」

とはいえ、真っ黒な染みのついた服をどうしたらいいか分からない。ただでさえ汚れの目立つ淡い色の服なのだ。

「別の衣装を取りに帰る時間はありませんし……」

こうなったら体調を崩したと言い訳をして欠席するしかない。戦うことすら出来なかったのか、と蓮花は眼前が暗くなりそうだった。

その時、着替えに使っていた部屋を訪ねてくる者があった。

「失礼いたします。福晋《ふじん》、こちらにお着替えなさいませ」

「あなたは……」

それは尚服局の責任者、仙月であった。

「こんなに早く……よく用意出来たわね」

ここから尚服局まではそれなりに距離がある。とても新しい衣装を持ってこられるとは思えない。

「宴に事故があってはなりませんから備えておりました。それに……借りを作ったままというのも申し訳なく思っておりまして」

「……恩に着るわ」

何ぶん非常事態だ。仙月が腹の中で何を考えているかはともかくとして、蓮花はそれを受け取ることにした。

警戒はしたものの、衣装は縫い目もしっかりしていて、生地も宴にふさわしくキチンとしたものだ。事故に備えて用意していたというのは本当なのだろう。

「うーん」

ただ、蓮花はその色柄を見て唸《うな》ってしまった。濃い黄色に大柄な青い花柄。先ほどの薄桃の衣装に比べると、どうしても強い印象を受ける。だが、代わりの衣装はないし、墨で汚れているよりはずっといい。

「これじゃ振り付けとちぐはぐになってしまうわね」

「仕方ありませんわ蓮花様。……四皇子のお妃が踊り始めたそうです。もう広間に戻りませんと」

迷っている間にも蓮花の出番は迫ってくる。蓮花は仕方なくその衣装を身に纏い広間に戻ることにした。

「遅かったな」

席に戻ると、劉帆が心配そうに声をかけてきた。

「ちょっと予想外のことがあったの。後で説明するわ」

皇帝の席の前にしつらえられた舞台の上では、四皇子の妃が舞を踊っている。

「うむ、なかなか良かった」

「恐悦至極に存じます」

お褒めの言葉を賜り、四皇子の妃、秋麗《しゅうれい》が舞台を降りた。

「……大変だったようですのね」

すれ違いに秋麗から声をかけられ、蓮花は騒動の犯人が誰なのか察した。この女だ。はらわたが煮えくり返るような思いがしたが、今ここには証拠もないし、蓮花は舞を踊らなければならない。

「いいえ、大したことはございませんわ」

笑顔で誤魔化しながら、彼女の横っ面をひっぱたきたい気持ちを抑える。

こんな気持ちで優雅な舞を踊れるだろうか……とまだ始まってもいないのに蓮花の心は折れそうだった。

何かよい方法はないだろうか。蓮花はこの期に及んでもずっと考え続けていた。

「どうかされましたか」

なかなか舞台に上がらない蓮花に、側で待機していた衛兵が声をかける。その姿を見た蓮花はハッとした。

「あっ！」

思わず大声を出して蓮花は慌てて口を塞いだ。

「大丈夫……でも、あの……お願いがあります」

「はあ……」

「これを貸してちょうだい！」

蓮花はそう言うや否や、衛兵の腰の剣を引き抜いて舞台の上に躍り出た。

剣を手にした蓮花を見て、周囲はどよめき、特に嫌がらせを働いた秋麗は顔を真っ青にした。

そんな彼らを尻目に、蓮花は膝をつき、皇帝への挨拶を述べる。

「皇帝陛下、陛下のご健康とますますの繁栄を祈念して舞を奉納いたします」

「ほう、見せてみよ」

登場するなり周りを動揺させた蓮花に対し、皇帝は少し面白がるような顔をしている。

「では楽を」

奏者により楽の音が流れ始め、蓮花は立ち上がり、剣を片手に舞い始めた。

「おや……これは……」

「美しいですわね、陛下」

片手に剣を持ってはいるものの、間違いなく振り付けは旺の舞だった。蓮花は可憐に手を振り、首を傾げて舞い踊る。だが、それは次第に大きく力強い動きへと変わっていった。剣をくるくると回し、突き出し、蓮花は踊る。それは勇壮で自然と一体となった叶狗璃留《トゥグリル》の踊りだ。

「……以上でございます。旺の舞に叶狗璃留《トゥグリル》の振り付けを盛り込みました。この舞のように二国を繫ぐ架け橋となりたく存じます。また剣舞は邪を払うと伝えられております。明日の万寿節が滞《とどこお》りなく行われますように祈願いたしました」

蓮花はそう言い、ぎゅっと目を瞑った。土壇場で大胆なことをした自覚はある。ちぐはぐな衣装でそのまま踊ればよかっただろうか、果たしてこれが受け入れられるかは皇帝の気持ち次第だ。

「よかった。面白かった。叶狗璃留《トゥグリル》より来た姫よ。あそこは北の要所である。二国の和平は朕も願うところ。そなたの気持ちはありがたく受け取ろう」

「はい恐悦至極に存じます」

蓮花は深々と頭を下げた。どうやら蓮花はこの賭けに勝ったようだ。

「……よかったわ」

席に戻ると、劉帆は前を向いたまま黙って蓮花の手を握った。

「ちょっと……」

「後で本当にちゃんと説明してくれ。……心配した」

「ごめんね」

表向きは平穏に、前夜の宴は終了した。


「──というわけで嫌がらせがあったのよ。だから見せつけてやろうと思って振り付けを変えたの」

「お前……大胆すぎるぞ。陛下は派手で華やかなものが好みではあるが」

「勝負は勝負。勝ったならよしよ」

住まう宮殿への帰り道で、蓮花は舞の前にあった騒動を劉帆に説明していた。

「ねえ、それより本当に綺麗な満月よ」

「ああ……そうだな」

太鼓橋に差しかかったところで蓮花は足を止めた。月光が水面に反射し、明るい夜だ。

劉帆と蓮花はしばし足を止めて、その景色を眺めていた。

「あら、そこにいるのは顕王殿下」

声をかけられて振り向くと、そこには四皇子の妃、秋麗が侍女を連れて立っていた。

「それと大層素敵な踊りのお妃様」

そう言いながら秋麗は鼻先で笑う。

一体誰のせいだ、と蓮花はむっとして彼女に近づいた。

「ええ、あなたの嫌がらせのおかげで陛下からお褒めの言葉を賜ったわ」

「嫌がらせ？　なんのことだか……」

「とぼけないで」

蓮花はさらに詰め寄った。立場なんてなければ、ここで胸ぐらを掴んで叩いて終わりだ。

「は！　蛮族の出のくせに生意気なのよ！」

ぐっと我慢している蓮花の気持ちなどお構いなしで秋麗は蓮花を嘲《あざけ》った。

「どいてちょうだい、邪魔よ！」

そうしてあろうことか力一杯蓮花を突き飛ばしたのだった。

「なにすんのよ！」

我慢に我慢を重ねていた蓮花だったがこれには堪忍袋の緒が切れた。

秋麗の胸ぐらを掴むと、ブンッと手を振り上げた。

「きゃあ！」

「え……」

だが打ち据えようとする手のひらを避けようとして秋麗は橋の上に転び、蓮花は空中に放り出されたようになった。その目の前には橋の欄干《らんかん》。

「蓮花！」

劉帆が手を伸ばしたが一歩遅く、蓮花は橋から転げ落ち、水柱を上げて水中に落ちる。

「し……知らない！」

それを見て、秋麗は転がるようにして逃げていった。

「ちょっと待て……」

「劉帆！　助けて泳げないの！」

追いかけようとした劉帆だったが、蓮花の助けを呼ぶ声を聞いて、すぐさま橋の上から飛び込む。

「大丈夫か」

「りゅ……劉帆」

必死に蓮花がしがみついてくる。劉帆はしっかりとそれを抱き留めるも、自分も沈みそうになってしまい、引き上げることが出来ない。このままでは二人で沈む、と劉帆は混乱した。

「それっ」

そこに桶が投げ込まれてきた。

「それに掴まってください！」

見上げると、栄淳が橋の上から叫んでいる。どうやら桶に縄がくくってあるようだ。

「今、参りますから！」

蓮花を桶に掴まらせると、栄淳が縄を引き、二人は堀から引っ張り上げられた。

「まったく！　どうしてご自分も泳げないのに助けに行くんですか」

「蓮花が死ぬかと思ったんだ！」

「栄淳、劉帆は私を助けに来てくれたのよ」

蓮花が劉帆を擁護すると、栄淳はキッとこちらを見て言い放った。

「福晋《ふじん》もあの程度のゆさぶりで橋から落ちるなんて」

「……はぁい」

言外に鍛錬がなっていないと体術の師匠である栄淳に叱られて、蓮花はしょんぼりと肩を落とした。

「蓮花、とにかく無事でよかった。明日もある。風邪を引くから早く帰ろう」

しおしおとしている蓮花に、劉帆は優しく声をかけ、濡れてぐしゃぐしゃの顔を撫でた。

「うん」

散々な日だったけれども、劉帆がなりふり構わず助けに来てくれたのは嬉しい、と蓮花は思った。

そしていよいよ迎えた万寿節の宴の当日、晴れ渡った青空に盛大な花火が上がり、たなびく白煙を背に銅鑼《どら》の音が鳴り響く。宴の始まりと共に、山海の珍味を集めた豪華絢爛な料理が次々と運ばれてきた。

「劉帆、なぁに……これ？」

この日のために着飾り席についた蓮花は、見たことのない黒い塊を箸でつまみ上げた。

「なまこ。海の生き物だ」

「何ソレ……」

と、見慣れぬものも満載の皿をつつきながら、華やかに始まった楽の音に耳を澄ませた。

爽やかな風の吹く五月の空。陽気はよく、皇帝はにこやかに微笑んで、あたりを見つめている。

「あら……皇后様は？」

「……どうやらご気分が優れないらしい」

皇帝の横には、皇后ではなく別の妃が座っている。

「今、皇帝の横にいるのが寵姫の江貴妃だ。四皇子と六皇子の母にあたる」

「あれが……」

皇帝の彼女への寵愛は深く、この妃は王宮で権勢を振るい、一族はみな高官に取り立てられている。宮廷の腐敗の象徴、と劉帆が指摘したのがこの江貴妃であった。

しばらくすると、劉帆と蓮花が皇帝や皇子たちへ挨拶をして回る頃合いになった。

それぞれ栄淳とアリマを伴って移動し、二人は一段高い観覧席に向かう。皇帝と、その寵姫のための席だ。劉帆と蓮花は跪《ひざまず》き、二人に挨拶した。

「拝謁いたします。陛下、ご機嫌麗《うるわ》しゅうございますか」

「うむ、顕王。どうだ新婚生活は」

「はい、平穏に問題なく暮らしております。そうだな」

「ええ。優しい夫を持って身に余る幸福です」

先日、夫婦生活のことで盛大にもめたことなどおくびにも出さず、いかにも初々《ういうい》しい新妻という顔で蓮花は澄まして答えた。

「そうか、それは何よりだ」

皇帝はその返答を聞いて満足そうである。

「江貴妃も相変わらずご健勝のようで」

「ええ、陛下のおかげですわ」

劉帆が江貴妃にも挨拶する。蓮花はその隣で江貴妃の姿をまじまじと見た。

彼女の子供たちはいずれも成人。ということは、彼女もそれなりの年齢のはずなのだが、全くそのようには見えない。目元にしわのひとつもなく、二皇子の妃の方が老けて見えるくらいだった。

「……それは何よりです」

劉帆は本音などおくびにも出さず、笑顔を貼り付けて答えた。

皇帝の御前を辞し、そのまま脇の席に向かう。そこは四皇子の瑞王と、同腹の六皇子、辰王《しんおう》の席だ。その横に座っている四皇子の妃秋麗は蓮花と目が合うとそそくさと視線を逸らした。

「顕王」

「……先日の婚儀ではお祝いをありがとうございました。このような宴も久方ぶりですね」

劉帆の顔を見るなり声をかけてきたのは四皇子だった。江貴妃譲りの柔らかな美貌の色男である。だが、薄い口元はどこか酷薄そうな印象だ。

「ああ、辛気くさい喪中もいよいよ終わりということだ」

四皇子は異母とはいえ兄弟が亡くなったというのに、ようやく清々《せいせい》した、という口ぶりを隠そうともしない。

「めでたい誕生の祝いの席だ。食べて飲んで楽しもうではないか」

「はい……そうですね」

劉帆は口ではそう答えつつも、表情は硬い。

「なんだ、顕王。しけた顔だな」

「兄上、顕王殿下はきっとこの後の競技会が憂鬱なのでしょう」

ひょっと横から六皇子が口を挟む。こちらも四皇子とよく似ている。まるで双子のようだ。

「ははは、そんなこと気にする必要もないだろう」

「そうですね、どうせ兄上が一等でしょうから。あ……でも」

六皇子の視線が蓮花を捕らえる。それはまるで蛇のようにからみついた。

「もしかしたら、殿下は新婚ですからお妃様によいところを見せたいのかもしれませんね。嫌ですね、そんな無駄なことをして」

くくく、と六皇子が顔を歪めて笑う。それを見て蓮花は気分が悪くなった。この二人とも根性が悪い。たとえそう思っていたのだとしても、わざわざ口にすることはないのに、と思う。

だが、蓮花の悪印象はそれだけでは終わらなかった。

「顕王殿下は、奥方にうるさく言われているんですか?」

「いえ、そんなことはありませんよ」

劉帆はのらりくらりと六皇子の言葉をかわしたが、六皇子はニヤニヤとした笑みを浮かべたままだ。そこに四皇子の瑞王も乗っかる形で口を出す。

「顕王よ。女は無口な方がいいぞ。やかましいのはかなわんし、余計なことを言うのはもっと悪い」

そう言って、脇に侍《はべ》っていた女の腕を掴んだ。

「こいつは先日、敗戦国から奪った奴婢《ぬひ》なのだが、舌を切ってある。静かでいいぞ、あはははは」

瑞王は楽しげに笑っているが、女の方は涙を浮かべていた。吐き気を催《もよお》す光景に、蓮花は怒りが収まらない。

「あなたは……」

「蓮花、行こう。それではお二方、我々はこの辺で」

蓮花が文句をつけようと身を乗り出したところで、劉帆はそれを遮《さえぎ》り彼らの前から立ち去った。

「妹妹《めいめい》～、宴を楽しんでらっしゃる？」

そこに声をかけてきたのは二皇子の妃、明玉であった。

「顕王か」

「泰王殿下」

さらにその横にいた二皇子の泰王が劉帆に話しかけた。小柄で痩せている、神経質そうな顔色の悪い男だ。その男に劉帆はさっと手を合わせ、頭を下げる。

「北夷《きたえびす》の姫を娶《めと》ってどうなるかと思ったが……案外上手くやっているようではないか」

「は……」

「夫婦は似た者同士の方が上手くいくと言う。そういうことなんだろうな、ははは」

泰王は明らかに劉帆を見下した態度で去っていった。

「まぁ、なんでしょアレは！」

その背中が小さくなっていったのを見届けて、アリマは憤慨していた。

「いいのよアリマ」

「気にするな。ああしなきゃ、自分の立ち位置を示せないのさ」

劉帆と蓮花は意に介さず、次の皇子の席を回る。

「これは顕王殿下。こちらから伺わず失礼をば」

「いや、気にするな。蓮花、こちらは七皇子の律王《りつおう》だ。覚えているかな」

「ええ」

蓮花はにっこり微笑んだが、全く覚えていなかった。七皇子は、縦にも横にも大きくがっしりした体形で、大きな声で話す男だ。劉帆の方が年下に見える。

「殿下は美しい妃を迎えられて、いやはやうらやましいですな」

「律王もこれからだろう」

「そうですな、こういうのは順番ですから」

と、言いながらじーっと舐め回すように無遠慮に蓮花を見てくる。

「……そろそろ参りましょう」

蓮花はなんとも言えない居心地の悪さに、劉帆の袖を引っ張ってその場を離れた。

「……私、劉帆が夫でよかったわ」

蓮花はげんなりして呟いた。成人していて、母がそれなりの立場の妃である皇子は以上だ。つまり彼らが皇太子の位を争う相手になるわけだが、亡くなった皇太子が嘆いたというのも分かる気がした。


そうこうしている内に、例の競技の時間が迫ってきた。

皇子たちが広場に集められ、太鼓が鳴り、紙吹雪が空を舞う。その煌びやかな雰囲気の中、皇帝が進み出ると、皆一斉に跪《ひざまず》き額を地につけた。

「皇帝陛下、万歳万歳、万々歳!!」

皇族や臣下、皆が皇帝の威信の前に平伏し、その存在を賛美した。

「陛下、お誕生日おめでとうございます。末永いご長寿とご健康をお祈り申し上げます」

皇族を代表して二皇子の泰王が挨拶する。

「うむ。皆の者、朕はこの日を迎えられて非常に嬉しく思う。歳を重ねるごとに、この国の泰平と安寧を願う気持ちが深まっていく。さて、祝いの席に集まった皆を前に、次代の我が帝国の未来を担《にな》う者たちの力量を見てもらおうではないか！」

「はっ！」

皇帝は皇子たちの顔を見回す。

「まずはじめの、今日のお題は……『書』。皇族たるもの美しく品位のある文字を書けないといけません。何を書くかは自由としましょう」

皇帝がそう皇子たちに語りかけている間にするすると音もなく、机や墨、紙などが設置される。

「それでは始め！」

と、ここで盛大な銅鑼が鳴り、皇子たちは一斉に筆を執った。

「……」

蓮香は固唾を呑んでそれを見守る。広場はシンと静まり返り、筆の走る音が聞こえるほどだった。

「……出来ました」

まず、七皇子が筆を置く。続けて四皇子、六皇子も。少し遅れて劉帆も書き終わった。

「みな書き終わったようだな。それでは書いたものをこちらへ」

皇子たちの書は揃って皇帝の前に並べられる。その出来を自ら判定するらしい。

「ふむふむ……」

皇帝は皇子《むすこ》たちの書を一通り眺め、満足げに深く頷いた。

「それでは品評といきましょうか」

すると、お付きの者がしずしずと何かを捧げ持ってくる。

「一番出来のよい書にはこちらの硯《すずり》を与えましょう。瑞王、前へ」

どうやら一等賞は四皇子、瑞王の手に渡るようだ。瑞王はちらっと後ろの皇子たちを見ると足取り軽やかに進み出た。

「瑞王、古代詩を写したのですね。風流な詩情に柳のような繊細な字がとてもよく合っている。これでより研鑽なさい」

「はい、陛下」

硯を受け取り、四皇子が下がる。

「他の皇子の書もよいものだった。次によいのは辰王《しんおう》だ。さすが同腹。字もよく似ている。それから……」

皇帝の視線が劉帆の前で止まる。

「顕王。あなたがここまで達筆とは知りませんでしたよ。素直なよい筆運びです」

「もったいなきお言葉」

劉帆はどうやら三等のようだ。だが、よい印象を残したと思われた。

そして最後に二皇子は筆の勢いが今ひとつ、七皇子の律王はのびのびとした字だが、荒さがあると評して、選評は終わった。

「ふう……」

「お疲れ様、劉帆。惜しかったわね」

ようやく戻ってきた劉帆に、蓮花はねぎらいの言葉をかける。

「ああ、書の得意な四皇子はともかく、六皇子よりよいと思ったのだが……。ま、次で挽回するさ」

こうして宴の第一日は終わった。


「ん!?」

宴の二日目。蓮花は宴席に運ばれた湯《スープ》の壺を前にして唸《うな》るような声を出してしまった。

「こ、こ……これ、なんて香りなの……」

蓮花が嗅いだことのない得も言われぬいい香りがあたりに漂っている。それは蓋をとるとさらに強くなった。不思議そうな顔をしている蓮花を見て、劉帆は苦笑する。

「これは皇帝の宴には必ず出るスープだよ。作るのに一週間もかかるそうだ」

「へぇ……」

「鶏や豚を煮込んでから、干した海鮮を何種類も入れて蓋をして煮込むんだと」

さすがは大陸一の帝国の宮廷だ。手の込んだものを出すものだ、と蓮花は驚きながら供された湯《スープ》を一口、口にした。

「んんん！　すごい……なんて美味しいの」

蓮花は頭の中に花が咲いたかと思った。本来、彼女は海鮮が苦手だ。北の草原ではなかなか手に入るものではないから、食べ慣れていない。どうしても生臭い臭いが気になってしまうのだ。

ところがこれはどうだ。まるで洪水のように凝縮された旨味が襲ってくる。少しとろみのある透き通ったスープの中に美味しさだけが溶け出したみたいだ。

蓮花が絶品の湯《スープ》を堪能していると、今日は広場に舞台が作られた。そこで演じられる勇猛な武将の大立ち回りを鑑賞する。それは見事な演武だったが、これが終わればまた競技なのだと思うと、蓮花は気もそぞろだった。

そしてジャーン、と昨日のように銅鑼が鳴り、本日の競技が始まった。

「今日はね、謎解きをしてもらおうと思う。朕が問題を出すから、分かった者から手を挙げて答えるように」

皇帝はこほんと咳払いをすると、手元の盆の中から竹簡をひとつ取り出した。これが問題文らしい。

「さて……まずはこちら。『そよ風吹いて、吹かれて動く、刀で切っても切れ目がない』」

まずは第一問。蓮花も一緒になって考えてみる。なんだろう……と頭をひねっていると、さっと四皇子、瑞王が手を挙げた。

「陛下。それは『水』でございましょう」

「正解だ、瑞王。さすが機転がきいているな。では次は少し難しくしよう。『見ても見えないが、触れれば分かる。触れてなければ、皆が悲しむもの』」

「はい！」

また手を挙げたのは四皇子だ。

「それは『脈』でございますね」

「正解」

再び四皇子が正解した。蓮花は今回も答えが分からなくて足をばたばたさせた。

「ちょっと、劉帆頑張れ！」

「ほら、他の皇子たちも答えなさい。次の問題は……」

その後、六皇子も正解。さらに四皇子も二問正解した。一問も答えられない劉帆と二皇子と七皇子に焦りの色が浮かんだ。

「では、最後の問題。これは少し難しい。『遠くに見れば山に色あり、近くに聞けば川に音なし、春去りて花なおあり、人来たりて鳥驚かず』」

問題が読まれると、皆唸ってしまった。蓮花はちらりと四皇子を見たが、難しい顔をしている。

「どうした？　誰も答えられないか？」

その時である。劉帆がスッと手を挙げた。

「……顕王、これが分かるか？　答えてみよ」

「はい。この答えは『絵』ではないでしょうか」

「正解だ。よく答えられたな」

皇帝は微笑みながら、頷いた。答えられなかった皇子たちは恨めしげに劉帆を見ている。蓮花はとりあえず劉帆が結果を出したことにほっとして胸を撫で下ろした。

「それにしても……一問も分からなかったわ」

それはそれで悔しい蓮花であった。


さて三日目。今日で宴も最終日である。皇帝の長寿を祈って、大きな龍の舞が捧げられた。それから、めでたい桃の饅頭《マントウ》を皆で頂く。

「劉帆、これで最後ね」

「ああ、頑張ってくるよ」

この日に備えて劉帆は遅くまで物置の隠し部屋にこもったり、剣術の練習を繰り返したりしてきた。蓮花は側で見守ることしか出来ない。

「それでは最後の競技を発表しよう」

広間に集まった皇子たちは、緊張の面持ちで皇帝を見上げた。

「次は……『騎射』だ。こちらに用意した的に、馬上から矢を打ち込んでもらう。一番の者にはこの玉杯を与えよう」

そう言って皇帝は翡翠《ひすい》の玉杯を取り出して、掲げて見せた。かなり大きく相当な価値と思われる。それを見た人々はどよめいた。

「『騎射』ね……アリマ。ソリルを連れてきて」

蓮花はアリマを呼び寄せ囁いた。

「急いでね」

「はい、分かりました！」

他の皇子たちの席でも慌てて準備が進む。小一時間後、それぞれの皇子は馬と弓を用意して再び広場に集まった。

「それでは順番はくじ引きといこう。これ皆、朕の前に」

「は……」

皇子たちは皇帝が差し出したくじを引く。

「ふっ、私が一番か」

最初の射手を務めるのは四皇子の瑞王らしい。続けて七皇子、二皇子、六皇子ときて劉帆が最後、という順番に決まった。

「さぁて、ここは誰が真ん中を射止めますかな」

他の皇族や外戚の者などはのんきなものだ。無責任な予想話に花が咲く。

「やはり瑞王殿下ではないですか」

「いや、長幼の序は重んじられるべきです。ここは次期皇太子の二皇子の泰王殿下が……」

「そう言えば、顕王殿下の奥方は騎馬民族の出ではなかったか」

「いやいや……顕王殿下は数年前の競技で的の外に矢を飛ばしていましたぞ」

そんな囁きを背後に、まずは瑞王が馬に跨がった。広場には的が置かれている。

「殿下、こちらの線から一気に駆け、矢を放ってくださいませ」

「分かった」

四皇子は馬の腹を蹴ると走り始めた。そして巧みに操りながら、弓を的に向かって矢を放った。

「当たりました！」

矢は見事に的を射貫いた。六皇子が嬉しそうな声を上げる。

「お見事、では次、律王」

「はい！」

律王の馬は大きくて立派だ。馬は一声いななき、走り始める。

「あっ」

蓮花は声を上げた。律王はなかなかの腕前だった。四皇子よりも的の中心近くに当たる。

「やりましたぞ」

ここまで良いところのなかった七皇子は得意げだ。

続いて二皇子が騎射に挑んだが、直前の結果に怖じ気付いたか的ギリギリに当たっただけだった。

「兄上、見ていてください」

そして六皇子。やってみせると豪語したが、四皇子とほぼ同じ位置に当たった。

さて、とうとう劉帆の番だ。もし、劉帆が腕前を見せるなら七皇子よりも中心を狙わなくてはならない。

「ぶるるるる」

「ソリル」

蓮花は厩舎《きゅうしゃ》から連れてきた自身の愛馬の首を撫でた。

「お前にかかっているわ。頼むわね」

その横で劉帆もソリルに語りかける。

「……本当に頼むぞ」

「ぶひんっ」

「わっ……よだれを飛ばすなよ」

顔面にしぶきを浴びた劉帆を見て、蓮花は噴き出した。どうもソリルは劉帆をからかうのが好きみたいだ。

「任せろ、って言ってるのよ」

「ぶひひんっ」

「……たぶん」

「ならいいんだが」

鐙《あぶみ》を踏んで、その白い馬体に劉帆が跨がる。

大丈夫、と蓮花は心の中で呟いた。今日まで、馬術と騎射の練習は蓮花が指導した。物心つく前から馬と共にある叶狗璃留《トゥグリル》の民。その技を短い時間ながら劉帆に叩き込んだのだ。騎射が競技になったのは幸運だった。

「では、いってくる！」

「いってらっしゃい！」

そう言って劉帆は駆け出した。ソリルは彼を乗せてどの馬よりも速く走る。そう、流星のように。ただし、的とは反対方向に。

「あはは、これはこれは……」

的からどんどん離れていく劉帆を見て笑い声が起こる。だが、劉帆はひらりと鞍を反対に乗り換えた。

「――せいっ！」

そしてそのましっかりと体を支え、誰よりも遠くにある的に向かって劉帆は矢を放つ。

「あ！」

蓮花は見た。その鏃《やじり》が的に向かい、ど真ん中を打ち抜くのを。

「おおおっ」

見事に中心を捉えたのを見て、観客からも大きなどよめきが起きる。最初にもう駄目だと思わせた分、客席は盛り上がっている。ただ的を射ても効果は薄い、と劉帆に曲乗りを教えた蓮花は成功の喜びに胸が高鳴った。

「……くそっ」

その喝采の中で、四皇子は悔しそうに親指を噛んだ。

「顕王、見事であった。この玉杯はそなたにつかわす」

「は……ありがたき幸せ」

劉帆は皇帝の前に跪《ひざまず》き、うやうやしく翡翠《ひすい》の玉を受け取った。

そうして皇帝は皇子たちを自分の前に呼び寄せる。

「さて、久方ぶりの宴が終わる。息子たちの日頃の研鑽ぶりを見られて何よりだ。……特に顕王。書もなかなかだったし謎解きも見事だった。それにあの弓の技には目を見張るものがあった。妃を迎えてまるで人が変わったようで朕は心強い。これからも兄弟力を合わせてこの国を盛り立てておくれ。それでは競技を終了とする」

「ははっ」

皇子たちは跪《ひざまず》き、皇帝の前に頭《こうべ》を垂れる。こうして、三日に及ぶ皇帝の生誕の宴は終わった。

「……どういうことだ」

宴も終わり、あとは帰るばかり。だが、四皇子瑞王は納得のいかぬ顔で劉帆のいた席を睨みつけていた。

「書も謎解きも私が勝った！　それなのに陛下は……！」

「兄上。最後があああでしたから目に留まっただけでございますよ」

「お前は黙っていろ！」

「……申し訳ございません」

兄に怒鳴りつけられ、六皇子は身をすくませた。彼はこの男を怒らせると怖いことを誰よりも身を持って知っているのだ。

「あのふぬけの二皇子を追い落とすだけで皇太子の位は手に入ると思っていたのに……」

残りは暗愚な五皇子に体が大きいばかりの七皇子。敵ではなかったはずだ。その才覚の一片を見せた劉帆の姿に、四皇子の心はざわざわとした。

「あ、兄上……それでは私にお任せください」

「お前に何が出来る」

四皇子はうりふたつの顔をして、自分の腰巾着しか出来ない弟を見下ろした。

「考えがございます」

そんな兄の耳元に、六皇子は何事か囁く。それを聞いて四皇子はにやりと笑った。

「なるほど……それはそうだ。ではそのように」

夕闇が迫る中、二人の顔に射したのは日暮れの陰……だけではなかった。

「乾杯！」

さて一方。帰宅した劉帆と蓮花はささやかな打ち上げの席を設《もう》けた。今日はしきたりも行儀もなし。卓に酒菜《おつまみ》を並べて、戦勝祝いといったところだ。

「殿下、蓮花様。とっておきの叶狗璃留《トゥグリル》の乳酪《チーズ》をお持ちしましたよ」

「アリマ、一緒に飲みましょうよ」

「え……でも……」

「叶狗璃留《トゥグリル》ではみんな一緒じゃない。ね、劉帆。今日ぐらいいいわよね」

蓮花がそう聞くと、劉帆は笑って頷いた。

「ああ。では栄淳！　お前も来い」

「はぁ……」

戸惑いながら、栄淳とアリマも輪に入る。

「それでは改めて乾杯！」

杯を高く掲げ、四人は再びお祝いを始めた。

「劉帆、皇帝陛下から声をかけられて良かったわね」

「ああ。だが他の皇子から視線が痛いほど睨まれた」

「そんなの折り込み済みじゃないの。いいのいいの、とにかくおめでとう」

蓮花はまるで自分が優勝したかのような喜びようだ。そんな蓮花を見つめていた劉帆はふとあることを思い出した。

「あ……そうだ。蓮花に渡すものがあったのだ」

「え、何？」

「栄淳、あれを持ってこい」

「はい、かしこまりました」

栄淳が一度奥に引っ込んで持ってきたのは棒状のものだった。

「何かしら……」

「見てみろ」

劉帆はそれを包んでいた布をさっと取り払う。

「剣……？」

「これは海の向こうから輸入している珍しい刀剣だ。岩をも断ち切ると言われる逸品を商人からようやく手に入れた」

「岩を……？」

蓮花は半信半疑で鞘からそれを引き抜いてみた。白く輝く刃は美しい。

「片方にしか刃がないわ」

「そう、それは『切る』ためにある刀剣なんだ。普通の剣が重さと勢いで叩き切るのに比べて、こちらは『切断する』。そのために刃が湾曲しているし、刀身も細くて全体が軽い。蓮花、お前にぴったりじゃないかと思って」

「私に？」

「ああ。蓮花は特に身のこなしが軽くて速いと聞いている。この刀ならそれを生かせるんじゃないかと思ってね」

急にそんな話を劉帆がし出したので、蓮花は驚いた。

「え、どこからそんな話を？」

「栄淳から聞いた。体術の稽古《けいこ》をしてるんだろう？　栄淳は俺に隠し事はしないからな」

「……なんか恥ずかしいんですけど」

こっそり鍛錬していたのが、実は筒抜けだったことに蓮花は微妙な気分になったものの、贈られた刀を手にした。

「本当に軽いわ。不安なくらい」

「剣とは体の使い方も違うだろうし、使い方はやりながら覚えていかないとだな」

「そうね」

蓮花は刀の刃を灯りに照らしてみた。怜悧《れいり》な美しさのあるその新しい相棒を見つめると、少し背筋がぞくっとした。

# 第四章

「見ましたか、顕王殿下のご活躍」

「ああ、頼りない方だと思っていたが、ご立派なこと！」

「しかし四皇子の瑞王殿下ほどではあるまい」

「ま……それは確かに」

　今日も宮廷の雀はかしましい。

　この間の宴での競技会の話は絶好の話のネタだった。へらへらとしていて軽薄で無能と思われていた劉帆の活躍の噂はあっという間に駆け巡った。

「だがお妃は夷狄《いてき》の姫なのだろう？」

「いやいや、知らないのか？　とても見目麗《うるわ》しい聡明な方だよ。顕王殿下と並んでいるとまるで絵のようだ」

「ほうほう……」

　競技の順位は四皇子が一番だったにもかかわらず、皆このことばかり話している。

これまで愚かな皇子に嫁《とつ》いだかわいそうな姫、もしくは蛮族の姫を娶《めと》った気の毒な皇族、と思われていたのが変わった。

そして、それが耳に入るのは何も下々《しもじも》の者たちばかりではない。

不穏な空気に包まれているのは、二皇子泰王の宮殿である。妃は、部屋に閉じこもりものを投げて当たり散らしている泰王に声をかけた。

「殿下、いい加減になさいまし。子供じゃあるまいし」

「うるさい！ 出ていけ！」

「もう……」

呆れた顔で妃が部屋を出ていくのすら気にならないほどに、二皇子泰王は焦っていた。先日の競技で自分はなんの成果も出せなかった。四皇子はまだいい。彼が結果を出すのはいつものことだ。だが……

「顥王め！」

泰王の投げた硯が壁に当たり、ひび割れて地面に落ちる。

そもそもだ、と彼は爪を噛んだ。この国はよほどのことがなければ長子が家督を継ぐ決まりになっている。だから順番で言えば二皇子が次の皇太子のはずである。だが、今まで内々にもそのような話はなかった。二皇子の母の身分が低いからか、それとも彼の才覚のせいか。

とにかく、喪が明けた折の宴での競技会は絶好の機会だったのだ。その話題をかっさらっていったのがまさかの劉帆であったことに、彼は非常に焦っていた。

気分が空回りばかりする中、二皇子は気晴らしに取り巻きを呼びつけて得意の碁を打っていた。

「泰王殿下。ご機嫌麗《うるわ》しゅう」

「……何をしに来た」

そこに訪ねてきたのは六皇子辰王《しんおう》であった。容貌にあまり恵まれない二皇子は、女のような柔らかな風貌の彼のことはそもそも好きではない。

「いえ、私も碁のお相手でもしていただこうかと。殿下はお強いですから」

「ふん……」

六皇子が自分に碁を習いに来たことは何度かあった。だが、今でなくてもいいだろう、といらだつ気持ちが湧き起こる。だが、所詮《しょせん》四皇子のおまけに過ぎないこの男に、そう目くじらを立てても仕方がない、あまり取り乱しているところを見せるのは得策ではないと思い直した。

「ま、いい。座れ」

「はい」

二人は碁盤を挟んで勝負を始めた。しばらく向き合うと六皇子が音《ね》を上げる。

「うーん。私の負けです。さすがです殿下」

「ふん」

二皇子は、六皇子よりも四皇子がもっと嫌いだ。その四皇子の瑞王にそっくりの顔をした六皇子が降参するのは多少気分がいい、と思った。

「時に、殿下。顕王にはしてやられましたね」

「……たまたまだろう」

「ええそうでしょうとも。ですが、このまま陛下の関心が顕王に向かうと厄介ですね。私も四皇子《あにうえ》もそれを心配しています」

「むむ……」

二皇子は低い声を出して呻いた。そこに六皇子は畳みかける。

「彼の妃は叶狗璃留《トゥグリル》の出でしょう？　彼が力を持ったらあの国がしゃしゃり出てくるかもしれない。かの国は旺に恭順の意を示していますが、今も北の国境は緊張状態にあります」

「それはいかん」

ぴしゃり、と二皇子は六皇子の言葉を遮《さえぎ》った。

「旺の帝国は旺の民族が支配するべきだ。異民族は所詮《しょせん》属国に過ぎん。旺の民族こそが人民を統《す》べる力を持っているのだ」

二皇子は心底、他国の人間を嫌っていた。得体の知れないもの、変わったものを受け入れることを彼は好まない。それに母方の後ろ盾が弱い中、旺の民族が最も優れていると主張することは同じ考えを持つ高官たちの支持を得るために必要であった。

「そうですね……しかしあの叶狗璃留《トゥグリル》の妃は馬だけではなく、山羊や羊まで後宮に持ち込んでいるとか」

「ありえん……とにかく顓王に力を持たせてはならん」

「……ええ。七皇子の律王も同じように申しておりました」

六皇子は袖の下に、にやりとした笑みを隠した。

その男が劉帆と蓮花の宮を訪れたのは午後のことだった。

「顓王殿下にお目通りを！」

「す、少しお待ちくださいませ」

にわかに騒がしくなった入り口を不思議に思った劉帆が顔を出すと、そこにいたのは七皇子、律王であった。

「……なんだ、どうした？」

「どうしても顕王殿下に申し上げたいことがあり！」

七皇子は劉帆の姿を見つけると、随分な勢いで迫り、大声を出した。大柄な分、やたらと威圧感がある。

「一体何を？　言ってみろ」

「顕王殿下は、勘違いをされているのではとご忠告申し上げに来ました」

七皇子は腕を組み、堂々とそう言い放つ。言われた劉帆はぽかんとして蓮花を見た。蓮花も理解出来なくて劉帆を見つめ返した。

「勘違いってどういうことだい？」

いきなり押しかけて何を言うのか、劉帆はそこまで言いたいのを我慢して答える。横で様子を見ていた蓮花もカチンときてつい聞き返してしまった。

「劉帆が何を勘違いしていると言うの？」

「先日の競技会についてです。あくまで勝ったのは瑞王殿下。だというのに世は顕王殿下のことばかり……」

　それを聞いた蓮花はふんと鼻を鳴らした。

「なーんだ、自分が負けたからって文句言いに来たの」

「な、なんですと⁉　今回は私の不得手な競技が多かったのです。別の種目ならば負けたりなど」

　情けない！　と蓮花は叫び出しそうになったのをぐっとこらえた。結局、ひがんでいるだけではないか、と。それを今更ぐだぐだと言いに来るだなんて恥を知れ、とも思った。

「あー……じゃあなんなら勝てたと言うの」

　蓮花は半ば呆れてそう聞いた。劉帆が勝ったのはそれまで培《つちか》ってきたものがあったからだし、なんなら運も引き寄せるのが王者たる者の素質だ。

「そうですな……『角力《すもう》』などならきっと勝てたと思います」

「あっそ！　じゃあ角力《すもう》しましょう。ね、劉帆⁉」

　そこまで言って蓮花はしまった、と思った。頭に血が上《のぼ》って持ちかけたものの、劉帆の意見を聞いていなかった。

　だが劉帆は蓮花に向かってニヤリと笑うと、七皇子の前に挑戦的に立ちはだかった。

「いいだろう。では角力《すもう》で勝負をつけよう」

「ははは、いいんですか？　そんなことを言って。撤回は聞きませんよ」

七皇子は自信満々だ。それもそのはず、七皇子は身丈もあり、恰幅《かっぷく》が良い。一方、劉帆は身長こそあるものの、細身。相手を掴んで投げ飛ばす角力《すもう》には見るからに不理だ。

「構わん。ではそこの庭でやろう」

「ああ、そうしましょう」

これは妙なことになった。と、いつの間にやら野次馬もどこからともなく湧いている。

「七皇子と五皇子の力比べだって」

「それって勝負になるのか？」

「なんだなんだ」

中には事情の分かっていない者まで交じり、騒動を見守っていた。

「言っておきますが、手を抜いたりなどしませんからな」

「望むところだ」

「では……」

七皇子はぐいっと上衣を脱いだ。鍛え抜いた、はち切れそうな肉体が露わになった。

いかにも逞しい姿に見物人はおお、と声を上げる。

「さあ、顕王殿下も。着たままでは分が悪いですぞ」

「ふん……」

確かに服を着たままではそこを掴まれてしまう。劉帆は服に手をかけると諸肌脱ぎになった。劉帆の体は、引き締まったしなやかな筋肉が浮かび上がり、服の上から見るよりも逞しい。

「わっ……」

蓮花は思わず顔を手で隠した。

「ちょっと蓮花様、大丈夫ですか⁉」

横のアリマが蓮花の反応に慌てている。蓮花は初めて見る劉帆の肌に、心臓がどきどきしてしまった。

「きゃあーっ、顕王殿下！」

「素敵ですわー」

半裸になった劉帆の姿に女性の黄色い声が飛んだ。蓮花は誰がはしゃいだ声を出したのか、と振り返って眉根を寄せ、七皇子はその歓声を静めるように大仰な咳払いをした。

「……こほん。顕王殿下、参りましょうか」

「ああ、いつでも来い」

劉帆は軽く首と手首をひねると七皇子に手招きをする。二人の間に見えない火花が散るのが見えるようだ。

劉帆が野次馬の中から一人を審判役に引っ張り出すと、どこからともなく白い布が巻かれた棒きれが出てきて審判に渡され、試合が始まる。

「で……では、始め！」

合図に白い布が振られると、まずバッと七皇子が劉帆に掴みかかる。七皇子は全体重をかけて劉帆を吹き飛ばそうと体当たりを仕かけた。しかし劉帆はそれを受け流す。七皇子は次に締め上げようと素早く腕を伸ばす。だが、するりと躱《かわ》された。

「顕王殿下！　ちょろちょろ逃げ回っていては勝負になりませんぞ」

「それもそうだな」

劉帆はそう言うと、両手を前に構えた。

「さぁ来い」

「くっ……」

その挑発的な表情に、七皇子は頭に来たようだ。真っ赤な顔をして劉帆に掴みかかる。そして今度は劉帆は避けなかった。

「劉帆！」

七皇子の手が劉帆の腕を掴んだ時、ああ終わったと蓮花は叫んだ。

――しかし、劉帆はその腕を逆方向にぐるりと回す。さらに足をかけてぐっと引き込む。すると、そのままぽーんと七皇子の体が宙を舞った。

バタンッ！　地を揺らし、彼の巨体が地面に叩き付けられる。

「……勝負あり！」

審判役の男が白い布を掲げると、ワッと野次馬たちから歓声が上がった。

「そ……そんな馬鹿な……」

七皇子はまだ自分に何が起こったのか理解出来ていない。呆然として倒れたままでいる。

「俺の勝ちだな、律王」

「こ、こちらの方が身長も重さもあったはず……！　一体何を？」

「そのお前の力を利用して投げただけさ。そういう技があるんだよ」

「なんと……」

それを聞いて蓮花ははっとした。これは栄淳の体術ではないか。

「栄淳は隠し事はしない、か……」

それなら当然、栄淳の技を劉帆が会得しているのも分かる。なんだ、心配して損した、と蓮花はほっとした。

「そんなことが出来るなんて」

七皇子は座して劉帆に向き直り、頭を下げた。

「顕王殿下！　失礼いたしました！　降参です」

「いいよ」

こうして騒動は収まった。勝負の決着を見て野次馬も去り、七皇子も帰っていった。

「まったく迷惑な人だわ」

蓮花はようやく静かになった庭でため息をついた。

「……まぁ、これは始まりでしかないだろうな。蓮花」

「え？」

「七皇子は力自慢なだけの単純で凡庸な男だ。……次もあるぞ」

そう言って、劉帆は遠くを見つめた。

＊＊＊

鼻を衝《つ》く臭気。金属……いや、これは血の臭い。悲鳴と、脂汗と絶望の涙の臭い。

「……東にひとひら、西にひとひら、いつまで経っても会えはしない。これなーんだ」

「う……う……」

「答えろ」

暗く、じめじめとした地下室。そこに縛り上げられ蹲《うずくま》った男を蹴り飛ばしたのは、四皇子の瑞王であった。

「なぞなぞだ。正解したら褒美をやろう」

「お許しください。どうか……」

「お前、自分のしたことを考えろ。この私に偽の骨董品を売りつけようとしたのだ。どうせ分からないと高をくくってな」

ひゅっ、と瑞王は何度目かの鞭を振るった。それは男の皮膚を裂き、血が噴き出した。

「ひぃっ、ひ……ひ……」

男は痛みに悲鳴を上げる。その悲鳴に、カツンカツンと石段を下る足音が重なる。

「兄上、またここにいたのですか」

「悪いか？」

六皇子は薄気味悪そうな顔で縛られた男をちらっと見て、瑞王の向かいに立った。

「いえ……それよりも報告が。五皇子の件です」

「何か？」

「あの七皇子、真っ正面から力勝負を挑んで負けました」

「ははは！　あいつはやっぱり馬鹿だ」

六皇子は、自分の兄が怒り狂うかと思っていたが、予想外に彼は笑い出した。

「……ふん、そんなことだろうと思ったよ。さーて、それより……なぞなぞの答えは分かったかな？」

「……ううっ」

「答えは『耳』。だめだなぁ。これではここから出してやれない」

瑞王は実に悲しげに、男の耳に囁きかける。

「では特別にもう一問どうだ？　兄弟二人、おんなじ背丈、歩けば喧嘩、喧嘩となれば刃傷沙汰。さぁ答えろ」

「……は、はさみ？」

「正解～」

瑞王はジョキンと男の耳にはさみを入れた。

「ぎゃあああっ！」

その悲鳴を聞きながら、彼は静かに微笑む。

「……辰王《しんおう》、我らの二皇子《おにいさま》はきっとやってくれるさ」


夜の中庭にヒュッ、ヒュッと空《くう》を切る音がする。

「……うーん」

それは蓮花が劉帆から貰った刀を振る音だった。後宮に入る際に手放したので実際に比べることは出来ないが、蓮花が使っていた叶狗璃留《トゥグリル》の剣よりもやはり軽い。体の小さい蓮花にとっては、それはきっといいことなのだろうが、馴染んだ感触との違いがいまいちしっくりこなかった。

「ふんっ……」

刀身が軽いせいで、余分な力が入り、振り回されそうになる。これは何度も振って慣れるほかないだろう。そう思ってもう数日、ひたすらに刀を振っていた。

「実際に何か切ってみたらどうですかね」

蓮花の鍛錬を横で見ていた栄淳がふと呟いた。

「……たとえばそこの竹とか」

「なるほど、切れなきゃそもそも意味がないものね」

蓮花は中庭に生えている竹を見据えた。大きく振り上げ、思い切り刀で切りつける。

「あれっ、あっあっ」

「どうしました？」

「竹に食い込んで、全然切れない……なによこれ」

ぐっと力を込めるとようやく竹に食い込んだ刃を引き抜くことが出来た。

「本当ですね。ちょっと待ってください」

栄淳が剣を持ってきて、竹を切ってみる。蓮花の目の前で、バカッと大きな音がして竹は割れた。

「……切れました」

「なによぉ、商人に騙されたんじゃない？」

蓮花は不満げに自分の刀を見た。せっかく劉帆が蓮花のためにと手に入れたものだったが、使い物にならなければ飾りでしかない。

　それにしても、初めての妻への贈り物が刀剣というのはどうなのだろう。簪《かんざし》とか紅とか、そうでなくても花とかお菓子とか、普通はそういったものなのではないか。

「福晋《ふじん》？　眉間にしわが寄ってますよ」

「は？　ええっと……なんでもないわ。残念だけど、これは諦めて普通の剣を用意しようかしら。見た目は綺麗なんだけどね」

「そうですねぇ……」

　そう答えながら、栄淳の目は竹の切り口に向いていた。

「おや、これを見てください。切断面が全然違う。剣よりも刀の切り口の方が綺麗です。最後まで切れていないですがね」

　そう言えば、劉帆は刀は切ることに特化していると言っていた気がする。

「ということは、この竹が切れるようになれば使いこなせるかしら」

「ええ、きっとそうです。体術でもそうでしょう。力任せにしても意味がない。流れと勢いが大事です。それと一緒ではないでしょうか」

「そっか……」

　蓮花は手元の刀を見た。もう一度やってみよう。お洒落でも、可愛くもないけれど、せっかくの劉帆の気持ちを無駄にしたくはない。

「よーし!」

「ちょ、ちょっと待ってください。一本二本ならともかく、福晋《ふじん》は庭を禿げぼうずにしそうです。竹なら明日用意しますので、今日はもうお休みください」

「そ、そう……」

栄淳にたしなめられて、蓮花は刀を引っ込めた。

とにかく、その日は言われた通りに部屋に戻った蓮花だったが、翌日からは竹を相手に刀を振るい続けた。そうしているうちに、刀は蓮花の体に馴染んだのだろう。スパッと竹を切り落とすことが出来るようになり、余計な力も入らなくなった。

「次は動いているものを切れるようになるわ。ほら栄淳、この吊るした竹を揺すって動かしてちょうだい」

「はい……あの、そこまで殿下も刀を使いこなしてほしいとは思ってないのでは……」

やり始めるととことんのめり込む蓮花に、ちょっとだけ不満そうにしつつも、栄淳は蓮花の稽古《けいこ》に付き合った。

そんなある日、劉帆と蓮花の宮に意外な来客があった。

「妹妹《めいめい》！」

二皇子の妃、明玉だ。いつものように山羊の乳を分けてほしいとのことだったが、まさか本人自ら来るとは思わず、蓮花は少し驚いた。

「一体どうしたんですか？」

「そのう……。ね、妹妹《めいめい》。山羊の乳は飲んでも体に良いのよね」

「ええ。乳の出の悪い母親が赤子に飲ませるくらいです。どなたかお体が悪いのですか？」

蓮花がそう聞くと、明玉はキョロキョロとあたりを窺って小声で答えた。

「秦王殿下が……近頃落ち込み気味で食が細いのです。なので少しでも滋養のあるものを召し上がっていただきたくて」

「まあ。温めた乳は気持ちを落ち着かせるそうですよ。お大事に」

「ありがとう妹妹《めいめい》。そうだ今度贈り物をするわ」

「ええ、でも今は早く帰ってあげてください」

蓮花は多めに山羊の乳を渡してやった。二皇子もその妃も、決して性格が良いとは言えないが、あれはあれで夫婦の絆があるようだ。

蓮花はいそいそと戻っていく明玉の背中を見つめていた。

「殿下、温めた乳をお持ちしましたよ。蜂蜜も入れて甘くしてあります」

二皇子の妃は山羊の乳を持って二皇子の部屋を訪れた。

「いらん」

「そう言わずに。顕王のお妃から頂いたんですよ」

悲しそうにそう妃が訴える。が、それを聞いて二皇子は激高した。

「そんなもの飲めるか！　毒が入っているかもしれん‼」

「毒だなんて……わたくし自ら貰ってきたのですよ」

「黙れ！」

二皇子はどん、と明玉を突き飛ばす。乳の入った椀は割れて地面に砕け散った。そうして明玉を部屋から放り出し、彼は頭を掻きむしる。

「はぁ……はぁ……私は……」

忌々《いまいま》しいあの弟夫婦。そこから乳を貰ってくるなど、妃はどうかしている。二皇子は唇をギリギリと噛みしめた。

「このままでは……私は……」

永久に皇太子になどなれない。下の皇子に位を取られ、被るのは無能の冠だ。そうはさせない、そうあってはならないと二皇子は拳を握りしめた。

「ねぇ人間って不思議ね。あれが絆というやつかしら」

その夜、蓮花は寝台に寝そべりながら語りかけた。……刀に。悲しいかな、今宵も独り寝の蓮花の話し相手はこの刀しかいない。

蓮花は夜な夜なこの刀を手に取って素振りをしていた。慣れてくるとやはり劉帆の言う通り、軽くて扱いやすい。ようやく蓮花の体になじんだと言えるだろう。

「そうだ、あなたに名前をつけてあげる。そうねぇ……『ゾリグ』はどうかしら。叶《トゥ》狗璃留《グリル》の言葉で勇気という意味よ。どう？」

そう話しかけても刀は返事などしない。しかし、きっとこれでこの刀は蓮花に勇気を与えてくれる、と思った。そしてそのままゾリグを抱きしめて蓮花は眠ってしまった。

「……？」

蓮花が異変に気付いて目を覚ましたのはそれからしばらく後だ。何かがおかしい。

蓮花はわけも分からず胸がざわざわとした。と、その手にゾリグの柄が当たる。

蓮花はそれをじっと見つめると、扉に視線を移した。誰かがいる気がする。そーっと物音を立てないようにして、蓮花は刀を手に扉へ向かい、そっと押し開けた。中庭から見える外の月は大分傾いている。こんな深夜に何者なのか。

「ここ……ではない」

まさか、と嫌な予感がした蓮花は走り出した。蓮花が先ほどから感じていたのは殺気だった。この蓮花の部屋の前にいないとすれば、あとはただひとつ。そう、劉帆の部屋だ。

「……やめろっ！」

誰かと争う劉帆の声がする。蓮花はバタンと部屋の扉を開け放つと、刀を抜いた。部屋の中では劉帆が覆面の黒ずくめの服を着た男に首元を押さえられ、刃物を突きつけられている。

「その手を離して！」

「ちっ」

男は短く舌打ちをすると身を翻《ひるがえ》して逃げ出した。

「待てっ」

蓮花はその背を追いかけ切りつけた。が、浅かったようだ。男はよろめいたものの、足を止めることなく走り出す。蓮花もその後を追ったけれど、やがて見失ってしまった。

「……くそっ」

仕方なく蓮花が宮に帰ると、あたりは騒然となっていた。蓮花の姿を見て、慌ててアリマが駆け寄ってきた。

「あっ、蓮花様！　無事だったんですね。姿が見えないのでどうしたのかと」

「私は大丈夫。劉帆は⁉」

「俺は平気だよ」

人垣の中から声がする。人を押しのけて進むと、劉帆が栄淳に手当を受けていた。

「平気じゃありませんよ。傷が出来ているじゃないですか……跡が残るほどではないようですが」

「痛いっ、そっとやれ……そっと……」

栄淳は劉帆の頬に軟膏を塗っている。そこに切り傷が出来ていた。それを見た途端、カッとなって蓮花は机を叩いた。

「あいつ……！」

あの男は劉帆を殺しに来たのだ。改めて蓮花は腹の底から怒りが湧いてきた。

「蓮花……ちょっとこっちへこい」

「何？」

呼ばれるままに劉帆の側に行くと、ぐっと手を引かれた。その勢いで蓮花は劉帆の胸の中に倒れ込む。

「あっ……」

「蓮花、ありがとう。まさか助けに来てくれるなんて思わなかった。……そっちは怪我はなかったか？」

「う、うん。大丈夫。その……変な気配がしたから私……劉帆の部屋に行って」

蓮花は顔を真っ赤にして、しどろもどろになりながら答えた。

「そうか、すごいな。本当に狼みたいだ。良かった！　蓮花が妃で」

「そう……そっか……」

彼女の頭が沸騰するかと思ったその時、栄淳がわざとらしい咳払いをした。

「手当は終わりました。さて、犯人を探さなければなりません」

そうだ、その通り。と蓮花は居住まいを正した。

「あ……えっと、入り込んだ賊は切りつけたけど仕留め損なっちゃって。そのまま逃がしてしまったの」

「そうですか……」

「見失ったところまでは案内出来るわ」

深夜の回廊にぼうっと灯が点《とも》る。蓮花と栄淳は、犯人が逃げた跡を追っていた。ちなみに劉帆も付いてくると言ったが栄淳に叱られて留守番をさせられている。

「こちらですか」

「うん、この辺までは来たの」

「ふーむ」

栄淳は手燭を掲げて、あたりを窺う。

「あ、これを見てください」

蓮花が彼が指さす方を見ると、血が点々と床に落ちていた。あの時、蓮花は犯人の背中を切りつけた。きっとこれはその怪我の血に違いない。血の跡を追っていくと辿り着いたのは……二皇子の宮殿だった。

「やっぱり、ですか」

栄淳の顔は険しい。もし誰かが劉帆の命を狙うとしたら、いずれかの皇子だとは蓮花も思っていた。

「そこの陰に隠れて……ここは私にお任せください」

栄淳は蓮花の前に出て彼女を手で制すと、入り口の門に向かう。

そして二人の門番と何やら話を始める。その間に片方が中に入ったりまた出てきたりとしていたが、しばらくすると栄淳は首を振りながら戻ってきた。

「どうだった？」

「やはり話になりません。一応、夜盗がそちらに逃げ込んだかもしれないとは言ったんですが、そんなものは知らないの一点張りで」

「はぁ……」

二皇子はしらを切り通すつもりのようだ。

「こちらも警備はしていました。それをすり抜けてくるということは、あちらにそういう手の者がいるのでしょう」

夜陰に紛れて忍び込み、標的の喉元に刃を突きつける。そんな者に狙われている以上、しばらくは守備を固くするしかなさそうだ。

仕方なく蓮花と栄淳は宮に戻った。するとすぐに、置いてけぼりを食らった劉帆が駆け寄ってきた。

「どうだった」

「それが……おそらく二皇子の宮に逃げ込んだと思われるのですが、それ以上は追えませんでした。申し訳ございません殿下」

「そうか……」

「相手は手負いだから、しばらくは大丈夫だと思うけど」

「それでも傷が癒えたらまた来るだろうな。うむ……」

劉帆は難しい顔をした。何か出来ることはないだろうか。蓮花も考えを巡らせた。

「あ、昼間に二皇子のところに行って、そいつを探してみるのはどうかしら。二皇子は具合が悪いそうだからお見舞いだとかって。……でも背中を怪我してる人を見つけ出すのは難しいか。劉帆、犯人に何か特徴はない？　私は男ということしか分からなかったけれど劉帆は近くで見たでしょ」

蓮花が聞くと、劉帆はその時のことを思い出したのか手を打った。

「そうだ……その男には左目の下にほくろがあった」

「なるほど。では早速、明日行ってみましょう」

それにしても散々な日だ。窓の外を見ると、もう空は白々と明け始めている。

「とりあえず少しでも寝ましょう」

「ああ……って、蓮花どこに横になってる。そこは俺の寝台だ」

どさくさに紛れて劉帆の部屋で眠ろうとする蓮花を、劉帆はぐっと押しのけた。

「だってだって、ついさっき狙われたばかりなのよ」

「……相手は手傷を負っている。警戒を強めているこちらにすぐに来ることはないよ」

大丈夫だ、と強く言い含められて、蓮花は劉帆の部屋からつまみ出された。


それはともかく翌日、劉帆と蓮花は栄淳を伴って二皇子の宮殿に向かった。

「泰王殿下にお見舞いの品をお持ちしました。お目通りを願います」

ところが客間に出てきたのは明玉のみだった。

「あら妹妹《めいめい》、ありがとう……でもね、殿下はまだご気分が優れないみたいで」

「そうですか。では贈り物だけ置きますね。大嫂子《おねえさま》も顔色が悪いみたい……お喋りしましょうよ」

「え、ええ……」

蓮花は今だ、とちらりと栄淳を見た。その視線の意味を察した彼はすっと姿を消す。

それからしばらく、蓮花は劉帆と一緒に妃と談笑していた。

「ああ、少し気が晴れたわ」

「良かった。また来ますね」

「そうだ妹妹《めいめい》にお返しの贈り物を……ぜひ見てほしいわ。とても素敵な毛皮なの」

「毛皮……」

　蓮花はその言葉に背中がぞわりとした。皇族が毛皮のひとつやふたつ、持っていたっておかしくはない。でも、もしかしたら……。蓮花の心臓の鼓動は速くなっていった。

「申し訳ございません」

　だが、そこに女官が転がるようにして入ってきた。

「何？　お客様がいるのよ」

「泰王様がお呼びでして……」

「もうしょうがないわね。お二人とも、ごめんなさいね」

「いえ、大嫂子《おねえさま》。また……」

　退出する蓮花と劉帆の後ろに、栄淳が合流する。二皇子の宮殿から離れ、人通りが途切れると、栄淳は劉帆に耳打ちした。

「……殿下」

「栄淳、どうだった」

「ざっと使用人のところを回ったのですが残念ながら涙ぼくろの男はおりませんで

した」

もしかして傷のためにどこかで伏せっているのかもしれない。それとも、もうこの後宮から出て雲隠れでもしたのかもしれない。

「別の方法を考えよう」

三人は一度退いて、次の手を考えることにした。

だが、宮殿に帰るなり劉帆はとんでもないことを言い出した。

「——え、夜に忍び込む？」

「ああ。昼に正面から行って駄目なら、夜しかないだろう。忍び込んであの賊を探すか、そいつに繋がる証拠を探す」

「そんな……劉帆が行かないと駄目なの？」

そもそも狙われたのは劉帆なのだ。彼自ら敵陣に忍び込むなんて危険すぎる。

「悲しいかな、こっちには手練れの者はいないからな」

「ご安心ください、私が付いています」

「栄淳……」

「でも福晋《ふじん》は待っていてくださいね。さすがに女性は連れていけません」

「ええ？」

当然のようについていくつもりだった蓮花は不満の声を漏らした。

「蓮花、見つからないよう人数は少ないほうがいい。今回は待っていてくれ」

「……分かったわ」

蓮花はしぶしぶ頷いた。

――そして夜更け。蓮花に見送られて劉帆と栄淳は二皇子の宮殿へと向かっていった。

「こっちだ」

目立たぬよう黒い服に身を包んだ二人は、まずは使用人部屋に向かった。そこで、寝ている使用人を見て回る。だがそれらしい者はいない。

「あまりじっくり見ていると感づかれます」

「ああ」

昼間に働いている使用人の顔は栄淳が確認している。怪しい者がいないようなので、今度は裏庭に向かい、納屋などの目立たないところを探す。

「いない、か……」

もしかして怪我で動けず人目のないところに潜んでいるのではと思ったのだが、期待通りにはいかなかった。

「殿下、もう城下に身を移しているのかもしれません。で、あれば繋がりの証拠を押さえたほうが」

「そうだな……」

劉帆たちがその場を後にしようとした、その瞬間だった。

「何者だ！」

灯火が、劉帆と栄淳を照らす。しまった、見つかったと思った時には衛兵に四方を囲まれていた。

「く……」

「逃げましょう！」

二人はすぐにその場から逃走を図る。が、警備の衛兵はすらりと剣を抜く。

「仕方ない……」

劉帆と栄淳も剣を抜いて、立ち向かった。

「どこの者だ！」

「……」

答えない劉帆の目の前を、ビュンと剣の切っ先が掠《かす》める。その動きに無駄はなく、なかなかの手練れのようだ。良く言えば慎重、悪く言えば臆病な二皇子は、大金を払って警護に武道に秀でた者を雇い入れていた。

「くっ！」

そんな者たちの攻撃を躱《かわ》すうち、劉帆も栄淳も気が付けば裏庭の隅に追い詰められている。

「……お逃げください。ここは私が。あなたさえ無事ならなんとかなります。大丈夫、私も後から行きます」

栄淳はそう言うが、そんな言葉がどれほど信じられるだろう。劉帆のこめかみに緊張の汗が流れる。

「くせ者め、死ね！」

さらに迫り来る刃に、栄淳がその身をさらして劉帆を守ろうとした。

「ぐっ……！」

「がぁっ！」

だが、突然に目の前の衛兵たちがバタバタと倒れていった。その背には矢が刺さっている。

「誰だ……⁉　一体……」

そう言いながら最後の一人が倒れる。劉帆と栄淳は何が起こったのか分からず、呆然としてその様を見つめていた。そして月明かりの中、現れた黒衣の人物が覆面を取る。

「……平気？　怪我してない？」

「蓮花！　お前……」

まさかと思い、劉帆は目をこすったが、その色の薄い瞳は間違いなく蓮花だった。

「危なかったわね」

「どうして……」

「やっぱり劉帆が心配だったから。じっとしてられなくて……ごめんね」

蓮花は申し訳なさそうにしている。しかし、その手には弓矢と刀――ゾリグが握られていた。これで衛兵たちを倒したのだ。

「ほら、二手なら見つかりにくいかなって……」

「仕方ない……これから書斎を捜索する。そしたらとっとと帰るからな」

咎めたり叱ったりしている場合ではない。それは後回しだ。と、劉帆はため息をついた。

「……うん！」

蓮花の表情がどこか嬉しそうなのはなんなのだ、と思いながら、今はとにかく少しでも手がかりを得ることが必要だと劉帆は切り替えた。

「ここね……」

三人は二皇子の書斎に潜り込むことに成功した。

「指示書や書簡を見つけよう」

そこかしこの戸棚や机の上を漁り、何か糸口になりそうなものを探す。

「これでは？」

棚を探っていた栄淳が竹簡を手に駆け寄ってきた。それはまさに殺しの対価に金を支払うという誓約書の写しだった。

「相手は城下の無法者のようです……これを確保して、泰王を脅せば手を引くでしょう」

「うむ。もう十分だ。蓮花、帰るぞ！　……蓮花？」

劉帆は声をかけても反応しない蓮花を訝《いぶか》しんだ。彼女は呆然と立ち尽くしている。

「蓮花、どうした」

「……これ」

蓮花から掠《かす》れた声がようやく出た。その視線の先には、月明かりにぼんやりと浮かぶ白い毛皮があった。

「兄様の天幕から盗まれた狼の毛皮……」

「え？」

それがここにある、ということの意味を劉帆は瞬時に理解した。蓮花の兄バヤルを殺した下手人が直接……あるいは誰かの手を通してここに持ち込んだ、ということだ。

蓮花が探していた真実が近い。蓮花は震えながら顔を覆い、うつむいた。

そして次の瞬間、蓮花はその毛皮を掴むと部屋を駆け出していった。

「おい蓮花⁉ ま、待て！ どこ行くんだ」

劉帆は慌てて後を追う。すると蓮花はそのまま二皇子の寝室に飛び込んでいき、声の限りに叫んだ。

「どうして！ どうしてこれがあるの⁉」

劉帆が一歩遅れて駆けつけると、蓮花は寝台で眠っていたのであろう二皇子の胸ぐらを掴み、ガクガクと揺さぶりながら泣き叫んでいた。

「なんだ⁉ なんなのだ？」

二皇子は何が起こっているのか理解出来ないようで、おどおどとした表情を浮かべていた。

「妹妹《めいめい》……」

一緒に寝ていた妃は、侵入者が蓮花だと気付いて震えている。この騒ぎに使用人たちも駆けつけてきたがどうしていいか分からず、オロオロしていた。

「そ、それは……旺に逆らう北方の不届き者を成敗させた者からの献上品だ」

「不届き者……?」

蓮花の顔が憤怒の色に染まる。二皇子の寝間着の襟を掴む手に、ぎりぎりと力がこもった。

「何が不届き者だ！　兄様は旺との和平を何よりも望んでいた！　それを……それを……」

二皇子を問い詰める声に、嗚咽《おえつ》が混じる。蓮花の目からは涙が流れていた。しかし、二皇子はそんな蓮花をあざ笑った。

「はっ、夷狄《いてき》ごときが旺と共にあろうというのが間違いなのだ。人民を統《す》べる力のない野蛮人など滅びればいい」

「なんだと！」

許しがたい侮辱の言葉に、蓮花の手が刀の柄に伸びる。

「蓮花！」

だがその時、劉帆の腕が後ろから伸びて彼女を引っ張った。

「それは駄目だ！」

「だけど、この男は兄様を殺したのよ……兄様を……あんなに優しい兄様を……」

ようやく己の命の危機だと察した二皇子は顔を青ざめさせて弁解を始めた。

「わ、私は邪魔者を処分せよと命じたまでで……」

「黙れ！」

劉帆の手を払い、蓮花は矢を放つ。その鏃《やじり》が、二皇子の頬すれすれを掠《かす》め、壁に突き刺さった。

「ひっ……」

「お前が殺したも同然じゃないか！　人を殺すのなら殺されても文句は言えないでしょう。違う？」

蓮花は足下に転がっていた白銀の狼の毛皮を拾うと、それを身につけた。亡きバヤルの無念をその身に宿すように。

「……私はこれ以上、私の大切なものをお前に奪わせない。いつでもどこにいても付け狙ってやる」

蓮花は再び弓を引き、矢を放った。その矢は今度は二皇子の脚の間、体のぎりぎりに深々と刺さる。

「……たとえこの身が滅んだって私は許さない」

蓮花は怯えきった二皇子の前につかつかと近づき、その耳元で囁いた。

「……」

ぼそぼそと聞き取れぬ低い声に、二皇子は怯えた声を出した。

「な、なんだ……？」

「私の侍女は巫女の家系なの。そこに伝わる呪《しゅ》をかけた。お前を身の内から滅ぼす呪いの言葉。さて、どうなるか楽しみね」

「ひいぃっ」

「殿下！」

悲鳴を上げ、顔面蒼白で震え出した二皇子を、明玉が抱え込んだ。

「ごめんなさい……ごめんなさい……どうか許して」

明玉が助けを乞う姿を見て、ようやく蓮花の目の前を真っ赤に染めていた怒りが冷めていく。蓮花が体を引いたのを見て、劉帆は重たい口を開いた。

「泰王、俺を狙ったことは口外しない。その代わり……このことも忘れろ。叶狗璃留《トゥグリル》の王子を暗殺したと知られればお前も色々とまずいだろう」

劉帆はそう言って、後ろから蓮花を引き寄せて抱きしめる。

「蓮花……すまなかった」

背に感じる劉帆の体温に、復讐の炎に包まれていた蓮花の心が静まっていく。劉帆は謝らなくてもいいのに、そう思いながら、蓮花は自分を抱きしめている劉帆の腕に手を添えた。

「……ううん。もう大丈夫」

「帰ろう」

「うん」

蓮花たちが踵《きびす》を返すと、事の次第を声も出せずに見つめていた二皇子の宮の者が、避けるようにさっと道を空《あ》ける。その間を通って彼らは帰っていった。

——その後、二皇子泰王は療養のためという理由で後宮を去り、離宮で過ごすことになった。二皇子は何やら夜な夜な悪夢にうなされ、独り言をひっきりなしに呟くようになったらしい、との噂が宮廷を駆け抜けていった。

それから、半月ほどが過ぎた。

「殿下、薬湯をお持ちしました」

「……ああ」

離宮へと移った二皇子は、分かったような分かっていないようなぼんやりとした返事をする。

顗王の妃の襲撃を受けた日から、夫の泰王は抜け殻同然になってしまった。侍医から処方された薬もこのように手をつけようとしない。

そんな姿を見ながら、明玉はあの夜のことを思い出していた。顗王の妃の兄を殺せと夫が命じたのがその事件の発端だったのだが、それらは固く口止めされている。

宮廷は一枚岩ではない。有力な後ろ盾のない夫は、宮廷の派閥を繋ぎ止めるためにこれまでもこんなことをしてきたのだろう。

そうやってすり減っていく夫に対して、明玉はどう慰めていいかずっと分からなかった。華やかに着飾っても、親身に寄り添っても、夫の心はこちらを振り向くことはなかった。

だが……今、この心を手放してしまった夫を前にして、二皇子の妃は初めて平穏を感じていた。もう、無理をして政争に明け暮れる必要もない。

「風が冷えてきました」

彼女は夫に肩掛けをかけながら、痩せて小さくなったその背中をさすってやった。

その後、蓮花には二皇子の妃、明玉から書簡が届いた。

そこには二皇子の近況に加え「これでよかったのかもしれません」と、短く書いてあった。

「なんとも言えないわ」

「無理に返事をする必要はない。向こうだって望んではいないだろう。それにしても……呪いって本当にあるんだな。恐ろしいな……」

二皇子の近況を聞いて劉帆は身をすくませた。が、それを聞いて蓮花はぽかんとしている。

「え？　何それ」

「ほら、あの時に呪いをかけたぞって言っていたじゃないか」

「ああ、あれ……実は寺院にお参りする時のお祈りの言葉なのよ。とっさにソレっぽいことを言っただけで……呪いの言葉なんか知らないもの。もしかしたら本人にやましい気持ちがあったから呪いになったのかもね」

蓮花は少し気まずそうな顔をしてそう答える。その横には白銀と金毛の狼の毛皮が揃って並んでいた。

## 第五章

これでよかったのだ。もし蓮花が泰王を切れば大問題になっていただろうし、そうなれば兄バヤルの悲願であった旺と叶狗璃留《トゥグリル》の和平そのものに亀裂が入る。

「そう……分かっているのに」

蓮花は自室で机に伏せったまま、呟いた。

二皇子は身を滅ぼし、報いを受けた。自分は最善の手を打ったのだ。そう理屈では分かっていても胸の奥に残った澱《おり》のようなものがずっと取れない。

近頃は出歩きもせず、自室に引きこもっていることが増えた。

「蓮花はまた部屋か、アリマ」

「は……」

あれだけ活動的だった蓮花が気落ちしているのを見て、劉帆はため息をついた。

「うむ……栄淳、手を打とう」

「は、かしこまりました」

その日の朝、劉帆から提案された内容に蓮花は驚いて声を上げた。

「え、城下町に出る⁉」

「ああ、蓮花は旺に来てすぐ後宮に入ってしまったから帝都を見たことがないだろう？」

確かに、道中で少し宿から脱走したけれど、あとは花嫁行列の輿《こし》の隙間からチラリと帝都を覗いただけだ。

「行きたいけど……でもいいの？」

「もちろん禁じられてる。だからこっそり行くんだ」

「わぁ……」

見渡す限りの草原とは違う人里の、それもどこより大きなこの都の町並みを見られるなんて、と蓮花の胸は久しぶりに高鳴った。

「でも、急になんでそんなことを？」

「いや……ここのところ色々あったからな、たまには息抜きもいいかなって」

「そっか、ありがとう劉帆」

塞ぎがちだった自分を劉帆が気遣ってくれたのだと気付いて、蓮花は微笑んだ。

こうなったら善は急げと、蓮花は着替えのため自室に向かおうとする、がすぐに引き留められた。

「ああ、蓮花が着るのはこれだ」

劉帆が差し出したのは、男物の服だった。蓮花が服を受け取って妙な顔をしていると、そこに栄淳が現れた。

「女人の姿では後宮から出ていけません。殿下と福晋《ふじん》は私のお供ということにしますので」

「栄淳……」

「私の月に一度の寺参り、という名目になっております。お召し替えを」

「分かったわ」

男装姿でも外出に変わりはない。蓮花は早速着替え、髪を髷《まげ》に結った。

「開門ー！」

馬車に乗った栄淳、……と、そのお供に扮《ふん》した蓮花と劉帆。門兵の声と共に門が開く。

「いよいよね」

「しっ……静かに蓮花」

劉帆と蓮花は素知らぬ顔で栄淳の乗った馬車の脇をついていく。しばらく黙って歩いてから、人目がないことを確かめると、蓮花はふうと息をついた。

「出られ……ちゃった」

「ああ」

蓮花たちの目の前には広い通りがあり、そこには沢山の人々が肩をぶつけそうになりながら行き交っている。ひしめき合う人々の目当ては、ずらりと並ぶ市場の商店の数々だ。

「こちらをお持ちになってください。馬車は市場に入れませんし」

栄淳は革袋を蓮花に手渡した。

「これは？」

「小銭です。普通の買い物で金貨だの銀錠《ぎんじょう》だのは使えませんから」

「ありがとう。栄淳はどうするの？」

「私は建前通りに寺に行きます。坊主に金でも握らせておけば、長居しても文句は言わないでしょう」

そう言って栄淳は馬を出発させていってしまった。

「……」

「蓮花、何をぼーっとしてるんだ？」

「え、あ！　なんでもないわ」

蓮花は微笑んで誤魔化したが、内心では重大なことに気が付いて慌てていた。

それは――そう、劉帆と二人っきりなのだ。大抵の時はいつも栄淳かアリマがそばについている。だけど今日は本当に二人だけで街を見物するのだ。

「蓮花、こっちに行ってみよう」

そんな蓮花の胸の内など知らぬ劉帆は、通りを指さして蓮花を誘う。

「う、うん！」

動揺を隠すように大きな声で返事をして、蓮花は劉帆の後を追って駆け出した。

「朝採れの野菜はいかが？　新鮮だよ！」

「ゆで卵はいらんかね」

「この織物を見てちょうだい、この通り真っ白だ。質の良い証拠だよ」

活気のある物売りの声が飛び交う。蓮花はその様子が面白くてきょろきょろとあたりを見回した。

「蓮花……と、この格好だと呼び名が目立つな。そうだな……兄弟という設定にして、

『弟弟《ていてい》』でいいか」

「……はい」

なぜかそれさえも気恥ずかしい蓮花であった。

「おっ、いい匂いだ」

そんな蓮花の気持ちなんて全く気付かずに、劉帆は何やら鼻をひくつかせている。

「あっちだ。行こう弟弟《ていてい》」

まるで子供みたいだ、と蓮花は思った。しかし、もしかしたら本当の劉帆はこういう人なのかもしれないとも思った。皇子という重責から解き放たれた本当の姿は……

「うわぁ、うまそうだなあ」

目の前の屋台では、タレを塗られた肉が串に刺されてじゅうじゅうと炙《あぶ》られていた。

「ほんとだ」

「お兄さん方、丸々太った家鴨《あひる》の焼き鳥だよ」

「ふたつくれ」

「あいよ」

革袋から銭を出して焼き鳥串を受け取る。待ち切れないとばかりに二人は串にかぶりついた。

「うん！　皮はパリパリ、肉は旨味が詰まっている。どうだ、弟弟《ていてい》」

「この甘いタレが美味しい。叶狗璃留《トゥグリル》の料理は基本味付けは塩だけだから、こっちの味付けは色々あって楽しいね」

市場には他にも食器を売る店、履き物を売る店、本屋、傘や鋳物の修理屋など様々な店が軒を連ねている。大きな間口の立派な店もあれば、地面にゴザを敷いただけの露店もある。

「何か欲しいものがあれば言えよ」

「うん」

蓮花はキョロキョロとあたりを見回す。すると人の集まっているのが見えた。

「あれは何かしら」

「行ってみよう」

人垣をかき分けて向かうと、それは軽業師《かるわざし》の一団だった。まだほんの小さな少年が、玉の上に乗って転がし、観客の喝采を浴びている。

「ご覧の皆様、これよりこの男女が演舞いたします！」

シャンシャンと鈴や太鼓が鳴り、一組の男女が前に躍り出る。

「わぁ……」

蓮花はその光景に目を見張った。女性がくるりくるりと回りながら、男の肩に登る。そのまま倒れることなく、最後は男の頭の上に手を置いて女は逆立ちになった。

「すごいすごい！」

「大したものだ」

と、見物人一同はその技に驚き、大きなどよめきが起きた。

「お気に召しましたらこちらに銭を投げてくださいまし」

先ほど口上を述べた男が籠を持って回ると、次々と銭が投げ入れられた。蓮花も一緒になって投げ銭をする。

「大層な見物だったな」

「ええ」

蓮花と劉帆は、そうして賑やかな都の市場を楽しんでいた。


そんな華やかな表通りの一方で、打ち壊された壁、饐《す》えた下水の臭い、どこからか来ては彷徨《さまよ》っている野良犬。そんなものに囲まれた貧民窟に栄淳はいた。

「はぁ、お大尽様がこんなところになんの用で」

ぼりぼりとシラミの湧く頭を掻きながら、栄淳に声をかけられた男は出会い頭に悪態をつく。

「お前らの首領を出せ」

栄淳は低い声を出し、剣をちらつかせて男を脅す。

「――殿下の命を狙ったけじめはつけさせなくてはな」

そしてその数日後、帝都の堀には一体の死体が浮かんでいた。引き上げられたその亡骸は目の下に涙ぼくろがあった。

＊＊＊

「ご機嫌麗《うるわ》しゅう、皇后陛下」

「お久しぶりね、顕王」

劉帆と蓮花の二人は、今日は皇后陛下の元に来ていた。先方からお誘いがあって、お見舞いとご機嫌伺いといったところだ。

「まずは殿下のお参りをしましょう。話はそれからね」

三人は亡き皇太子の霊が祀《まつ》られている廟《びょう》に赴き、参拝をした。

「皇太子殿下、今日はお若い二人がやって来てくださいましたよ」

皇后は嬉しそうにそう呟いて手を合わせた。

「……皇太子殿下は私のことをいつも気にかけてくださいました」

「わたくしが殿下を連れて夏妃のところによく行っていたからでしょうね。殿下はあなたが赤ちゃんの頃から見ていたのよ」

皇后と劉帆は懐かしそうに目を細めている。

「夏妃という方は顕王殿下のお母様ですよね」

「そうよ。本当に心根の優しい方で、この後宮で気を許せる数少ない相手だったわ。どうして良い人ばかり儚くなってしまうのでしょう……ああ駄目ね、暗くなっては。さぁ、とっておきのお菓子と上等のお茶を用意してありますよ。参りましょう」

こうして皇后は二人を引き連れて、自分の居宮の中庭に向かった。季節は夏の初め。水色の爽やかな空と、繁り始めた木々の葉擦れの音に囲まれた池の畔《ほとり》の東屋《あずまや》には、心地良い風が吹いている。

「今日はね。二人にお願いがあって呼んだの」

「なんでしょう、皇后陛下」

「あのね、『天苗節』の祭司を二人に務めてほしいと思って」

「天苗節？　……ってなんですか」

　蓮花は初めて聞く言葉に思わず聞き返した。

「天苗節は種まきの時期に行う祭祀で、豊穣の女神に農作物が健やかに育つよう、豊かに実るようお祈りするものよ。宮廷では国全体の豊穣を祈って、皇族の若い男女が女神の使いに扮《ふん》して舞うの」

「へぇ……」

　基本は放牧と狩りで生計を立て、農作物は外から買うものだった叶狗璃留《トゥグリル》の生活にはなかった祭祀だ。

「あなたたちならぴったりだと思って」

にこっと笑みを浮かべる皇后に、劉帆は拱手し答えた。

「かしこまりました。謹んでお受けいたします」

「よろしくお願いします。叶狗璃留《トゥグリル》で食べられている穀物には旺のものも沢山あります。豊かな実りは私も心から願うことです」

　劉帆も蓮花もその申し出に喜んで頷くと、皇后はほっとした表情で二人の手を握った。

「なんだか嬉しいな」

　帰り道の回廊の途中で、劉帆がふっと呟く。

「どうしたの？　急に」

「皇后陛下が俺を初めて頼ってくれた」

「ここのところの劉帆の頑張りが伝わっているのよ」

蓮花は励ますように、気恥ずかしそうな表情の劉帆の背中をパン、と叩いた。


ところが、そうすんなりと事は進まなかった。その日、蓮花は劉帆から聞いた言葉に耳を疑った。

「え、祭司のお役目が中止⁉」

「正確には保留、だ」

劉帆は面倒くさそうにがりがりと頭を掻きながら、長椅子に身を預けた。

彼の話によると、皇后が皇帝に祭司の役のことを伝えたところ、江貴妃から物言いがついたらしい。彼女に言わせると、例年は四皇子夫妻が祭司を務めており、今年もそれでいいのではないかと。この主張に皇帝は強く言えず、話が宙ぶらりんになっているようだった。

「厄介ね……でも……」

ここで劉帆たちが強硬に祭司の役目を務める益はさほどない。江貴妃の一族にますます目をつけられるだろうし、下手をすれば皇帝の心証も悪くなる。

「だが皇后陛下の面子《めんつ》というものもある。なんというか……陛下は何事も穏便に進めようとしすぎる」

劉帆はそう嘆いたが、対処することも出来ず、結局二人は流れに任せる格好になった。

――だが、事態は急に動き出す。

数日後、部屋で書を読んでいた蓮花は、慌てた様子のアリマに客間に来るよう促された。

「待っておりましたよ」

そこには白髪の老女が椅子に座って待っており、その横で劉帆が困ったような顔をしている。

彼女が身に纏っているものは地味な色味ながら、見るからに一級品。只者ではない雰囲気を醸《かも》し出すその人の顔に、蓮花は見覚えがあった。確か婚儀の時に一度挨拶をしたはずだ。

「皇太后様……」

「まったくあの子には困ったものです。こんな些細なことをなぁなぁにして」

「あの……こんなところまでいらして、どうしたのでしょうか」

「嫌ですよ、天苗節の祭司の話です。なんでもそなたたちが務めるはずが、あの江貴妃が文句をつけたというじゃありませんか」

「はぁ……」

だからと言って、どうして皇太后が出てくるのだろう。蓮花はちらっと劉帆を見たが、劉帆は黙って首を横に振るだけだった。

「ですからね、言ってやったのです。例年通りで良いというあの女の言い分も確かに一理ある。だったらいっそ、この宮廷の臣下たちにどちらがふさわしいか決めてもらおうと」

皇太后の満面の笑みに、蓮花も劉帆も嫌な予感がした。

「御花園の池のほとりにあるクチナシの木、あれにそれぞれの色の絹地のきれを結びつけるの。そなたらの色は青、瑞王たちの色は赤」

「え、ええ……？」

蓮花は青い布を受け取ったものの、戸惑った。これはどうしたらいいのだろうか。

「いい？　祭司にふさわしい人格と品を持った方の布を結びつけなさいと触れを出しますからね。選ばれるようにしっかり励むように」

「……はい」

皇后は言うべきことは伝えた、と席を立つと足早に去っていった。

「これ、どういうこと？」

「つまり……四皇子と俺たちと、どちらがふさわしいか選挙するということだな」

「ええ……？」

「皇太后陛下は江貴妃が大嫌いなんだ。今回の件で大手を振って嫁いびりをするつもりなのだろう」

そう言って劉帆は頭を抱えた。皇太后の目的がそれならば、自分たちは絶対に負けられない。祭司に選ばれなければ皇太后の顔を潰すことになるのだ。

「はぁ……大変なことだわ」

こうして、四皇子・瑞王夫妻と蓮花たちとの戦いが始まったのだった。


「なあ聞いたか、あのお触れ」

「ああ、布を二種類渡された」

「なぁどっちにする？」

「いやあ、別にどっちでも……」

投票の権利は「宮廷の人間なら誰でも」というお触れ通りに文官、武官を問わず、対象は門番や厨の職人、ゴミ捨て場の管理人にまで及び、選挙の話はすぐに広がった。

だが臣下たちは決め手がないので困ってしまっている。

「実際に木を見に行って、巻き付けられたキレの数を確かめないか」

「そうだ、そうしよう」

幾人かがそう思いついて、そして幾人かは面倒なのでさっさと投票を済ませてしまおうと御花園に向かった。そしてそこに広がる光景に驚いたのである。

「やぁやぁ諸君、ご苦労様だね」

「瑞王殿下……」

そこには四皇子夫妻が揃って立っていた。

「私たちは例年、心を込めて奉納の舞と祈りを収めているんだよ。なぁお前」

「ええ」

「ああ、そうだ。仕事の合間を縫ってここまでいらした方々に感謝をしないとだ。お前、あれを渡してあげなさい」

「はい、殿下」

四皇子の妃は漆塗りの重箱を手に、びっくりしている臣下の者の前に進み出た。

「おひとつどうぞ」

「お菓子ですか……ええ？」

色鮮やかな餅菓子のてっぺんには、よく見れば何か光るものが載っていた。それは翡翠《ひすい》や珊瑚《さんご》の玉であった。

「甘いものはお嫌いかな」

「い……いいえ、いただきます」

皆そのようなものを断るはずがない。ありがたくいただいて、ぺっと吐き出した宝玉は懐にしまった。


「何これ……」

宮の使用人を連れて投票しに御花園に来た蓮花と劉帆は、木を見て驚いた。真っ赤な布が枝のあちこちに結びつけてある。青い布は数えるほどだった。

「うーん、みんな四皇子がいいのかぁ」

「そんなはずはありません、福晋《ふじん》」

一瞬納得しかけた蓮花に栄淳はぴしゃりと言い放った。

「滞《とどこお》りなく儀式が済めば、誰でもどっちでも構わない……と思いますよ。それなのにこの光景は不自然です」

「それって」

「買収していますね」

金で票を買うなんて汚い、と蓮花は思ったが、臣下たちはさほど重要でもないことに巻き込まれている分、それくらいの旨味があるほうになびくのも仕方ないとも考えた。

「劉帆、どうしようかしら」

「うむ……」

「私に考えがございます」

そこに栄淳が口を挟んだ。

「票は最終日に数えられます。ですからそれまでにこれ以上の青い布が木に巻き付いていればいいわけです」

「どうやるの？　また夜中に忍んでいく？　見張りがいるわ。賄賂には目を瞑ったみたいだけど……」

蓮花は木の下に待機している衛兵をちらっと見た。あくびをして退屈そうだが、おかしなことをしたらきっと咎めるだろう。

「いいえ、要は皆が殿下たちに投票したくなるようにすればいいのです。たとえば……『六日、晴天。クチナシの木は赤い。だがどうだ、顕王殿下は今日、農村に鋤《すき》や鍬《くわ》を五十ずつ贈った』と書いた紙を何枚か撒きましょう。すると読んだ人の中には木に赤い布が多いことに疑問を持つ人もいるでしょう。そして青い布を手にとるのです」

「本当にそうかしら？　それに鋤《すき》や鍬《くわ》なんて贈ってないわ」

「これから贈るんですよ」

栄淳は贈り物の手配をさっさと済ませると、やたらと大げさに劉帆たちを褒め称える文書を書いて匿名で流した。それらは皆に回し読みされ、ああでもないこうでもない、と議論になって、何人かは栄淳の言う通りに青い布を巻きに行った。

「『十日、木に青も見られるも赤優勢』……ねえ、ここ青が優勢、って書いたら駄目なの」

「実物を見たら嘘だってすぐ分かるじゃないですか。それより、今日は寺です。孤児に甘くて美味しい干し棗《なつめ》を寄付、です」

「はいはい、行ってきますよ」

きっと子供たちは可愛いだろうし、寄付に寺に行くのは別にいいのだが、問題が発生していた。蓮花は入手した紙を懐から取り出して劉帆に見せた。

「ねぇ、劉帆。これ見た？」

「ああ見た。『貧民窟の堀の修繕に寄付、帝都の齢六十を超えた老人に薬用酒を進呈、瑞王の妃は美しい、丸い額に豊かな黒髪で小鳥のような声で話す』……」

「もうなんだか分からなくなってきたわね」

蓮花たちの動きを察知した瑞王たちの陣営も対抗してきたのだ。同様に、いかに四王子夫妻が人格と品のある人物であるかを書き立てる紙がすぐに出回った。最初こそ効果のあったこの紙も、おかげで効果が弱まっている。

「だけどあっちみたいに賄賂は嫌」

「同感だ。同じ穴の狢《むじな》になってはいけない」

とはいえ明確な打開策はない。とにかく、寺でもどこでも行かなくては差は開く一方だ。

そして、劉帆たちと四皇子たちが祭司の座を争っている最中に、それは起こった。

国の中央を流れる大河が先の長雨で増水し、河が溢れ、あたり一面が水浸しになったという知らせが早馬と共にもたらされたのだ。

「畏《おそ》れながら申し上げます、大河の氾濫により南頌《なんしょう》の地方が浸水したとのこと」

大事の報告を受けて、朝廷は皇軍の派兵を決定した。

「では皇軍を向かわせ、水害の対処と治安の維持に努めよ」

「はっ」

臣下たちは大急ぎで、派兵の準備に駆けずり回った。


「大変ね、心配だわ……」

「ああ、あの一帯は氾濫が度々《たびたび》起こるんだ。治水工事もしているはずだが、監督官は江貴妃の縁戚だ。まともに工事しているのか……」

劉帆の顔が曇る。汚職と賄賂にまみれた臣下が不正をして、工事が機能していない可能性は十分にあった。

「劉帆、現地に行きましょう！」

「蓮花……」

「禁軍みたいな大規模な軍隊は動くのが遅くなる。行軍よりも馬だけならずっと早く辿り着けるわ」

蓮花はすっくと立ち上がった。劉帆の返答を待たず、そのまま荷物をまとめようと自室に向かおうとすると、栄淳が行く先を遮《さえぎ》った。

「福晋《ふじん》、お待ちください。今は四皇子との勝負中ですよ」

「そんなのどうでもいいわ。ちゃんと柳老師と地理の勉強もしたもの。南の地方は穀倉地帯でもあるんでしょ、豊穣祭の祭司よりもよほど重大だわ」

蓮花はきっぱりとした口調で言い切った。しかしなおも栄淳は食い下がる。

「でも馬で駆けつけて出来ることは少ないです」

「それでも行った方がいい。きっと現地の人は不安よ。草原で何か困った時はどんな人でも助けるの。そうしないと厳しい気候ですぐに死んでしまうから。助けがいずれ来るって分かるだけでも希望になるわ」

「……分かりました」

栄淳はじっと蓮花の話を聞き、にやりと笑った。相変わらず素直でない男である。

「栄淳、うちの妃は只者じゃない。我らもすぐ用意をするぞ！」

「ちょ、ちょっと待ってください。私も行きますー」

急にせわしなく動き出した三人を見て、慌ててアリマも準備を始めた。

ここにおいては蓮花とアリマが活躍した。もともと季節によって居住地を変える生活をしている民族だ。騎馬民族の最大の武器はその機動力にある。最低限の装備で早く遠くまで移動する術《すべ》が、彼女らには身についていた。

「最初は余計なものは持たないで荷物は軽くして。馬の足が遅くなるから。途中の街で馬に乗るだけ差し入れの食料を買って積みましょう」

「金はどうする？　必要だろう」

蓮花は女官たちも総動員してきぱきと指示をしている。アリマの動きにも迷いがない。劉帆が荷物を点検しながら聞くと蓮花はこう答えた。

「水害でものがなければお金は役に立たないわ。それなら日用品や衣類の方がいいと思う」

「なるほど」

劉帆は頷きつつ、彼らの生きる知恵に感心していた。旺ではものを蓄えた方が良いという考えが強いが、叶狗璃留《トゥグリル》では必要なものだけを所有する。大地の厳しさに磨かれたようなその生き方は自分たちにはないものだ。

「積んだ荷物にはこの毛織りの布をかけて。雨を弾くし、上着や敷物、簡単な天幕の代わりにもなるわ」

蓮花が持ってきたのは花嫁道具の毛織物だった。鮮やかな色彩の刺繍が施され、広げると大判で、全身を包むくらいある。

「あとは縄と短剣と鍋があればなんとかなるわ。行きましょう！」

蓮花はソリルの手綱を引くと、劉帆たちを伴って出発した。


水害に遭った南頌の民衆は、高台の寺の周辺に避難している。

この中には農地が水没した者もいる。それに家を流された者、家族が河に呑み込まれた者もいる。生き残った者で身を寄せ合って、わずかな家財道具を抱えながら不安に震えていた。それにもう何日もまともなものを食べていない。

「おい、何か器を持って集まれ！」

その時、男があたりに大声で呼びかけて回り始めた。不思議に思った人々は顔を上げた。

「なんだ？」

「粥《かゆ》を配ってる！　肉も入っているぞ！」

それを聞いた人々は、次々と椀を持って男の指さす方へ向かった。

「はい、並んで並んで」

寺の境内に列が出来ている。それをさばいているのは栄淳だった。簡易的にこしらえた竈《かまど》に火をおこし、鍋で粥《かゆ》を炊いているのは蓮花とアリマだ。蓮花は明るい調子で粥《かゆ》の入った椀を住民に差し出す。

「あったかいうちに食べてね。まだあるからね」

「痛った……手を切った」

その二人の横で干し肉を刻んでいるのは劉帆だ。慣れないことをして、指を切ってしまったらしい。

粥《かゆ》はやがて寺に避難していた皆に行き渡った。すると劉帆は蹲《うずくま》る住民たちの前に立った。

「腹はふくれたか？　では聞け。私は第五皇子の顕王。ただ今帝国は皇軍をこちらに派遣している。十分な食料に水、衣類もある。皆、不安もあろうがもう少しの辛抱だ」

それを聞いた住民は驚いて腰を抜かしそうになった。さっきまで炊き出しを手伝っていた男性が、皇子と聞いてにわかには信じられなかったのだ。

「皇子様だって……？　まさか皇族が自らいらっしゃるなんて」

「と、いうことはあの方は……」

皆の視線が蓮花に集まる。蓮花は彼らに微笑みを返した。それを見計らって、劉帆は蓮花の正体を明らかにする。

「妃もこうして同行して、皆の境遇に心を痛めている」

「明日も近くの街から物資を持ってくるわ。元気を出してね」

劉帆と蓮花の言葉に、どよめきが起こった。膝をついて額を地面につける者、手を合わせて拝む者までいる。

「ああ……なんてありがたい」

それから数日、蓮花たちは離れた街を往復して、住民たちのために食料や水、衣服を調達して回った。

「ありがと、ソリル。いっぱい働いたわね」

蓮花が愛馬の首を撫でると、彼は満足げに鼻を鳴らした。

そして、現地の住民に手伝ってもらいながら、寺以外の場所にも支援の手を伸ばす。

そうこうしているうちにようやく皇軍が南頌に到着した。

「諸君、民のために救援を頼むぞ」

劉帆はそう彼らに声をかけ、蓮花たち一同は、土嚢《どのう》を積み瓦礫《がれき》を撤去する兵士たちを見守った。

「顕王殿下、多大なご支援をありがとうございました。これは当寺に伝わる宝物でございます」

最後にはそう言って高名な画工の絵を献上され、それは宮殿へ戻った後に皇帝陛下に捧げられた。

「素晴らしい……」

風流を愛する皇帝はこの絵を大層気に入り、顕王の働きを大いに褒め、絵を自身の寝室に飾らせた。

「やっぱり行ってよかったわね」

「ああ。皆喜んでくれたし。大変なのはこれからだけど……」

「そうね、頑張ってほしいわ」

蓮花と劉帆はようやくほっと胸を撫で下ろしたが、事態はそれだけでは終わらなかった。

「大変です、大変です！」

「なぁに？　そんなに慌てて」

劉帆と一緒に蓮花がお茶を楽しんでいると、大きな声を上げながら慌てたアリマがやって来た。その手には何やら紙が握られている。

「こ、こんなものが今流行《はや》っているそうで……」

それは詩だった。目を通すと、先日の大河の氾濫の際、女神が舞い降りて衆生を救った。その女神の現世の姿こそ蓮花である……といった内容だった。

「なにこれ、なにこれ！」

それを読んだ蓮花は羞恥心で顔を真っ赤にする。

その上、蓮花たちが水害の被災地に駆けつけたことが世間に広く伝わっているという。

劉帆も困惑を隠せない表情をしている。

「遠くから来た人に物珍しい話を聞くのはどこも変わらないのですねぇ、殿下」

「それにしても話が回るのが早すぎないか。……まさか栄淳」

「さて……なんのことでしょう」

栄淳はしれっとした顔で答えた。

——そうして御花園のクチナシの木には青い布が多数はためくことになった。

女神の化身の蓮花を儀式に出さないわけにはいかない、という意見が多く飛びかったのである。

「善因善果、情けは人のためならずというのは本当ね」

これを受けて劉帆と蓮花は二人揃って、無事に天苗節の祭司を務め、祭文を読み豊穣の舞を奉納したのだった。

＊＊＊

　華やかな天苗節が終わった日の夜、四王子瑞王は例の地下牢で椅子に腰かけ、その背に体を預けていた。

「罰杖を。辰王《しんおう》」

　そう横の六皇子に声をかけると、彼は血の滲《にじ》んだ棒を手にした。

「は……兄上」

　言われるがまま、六皇子は罰杖を振り下ろす。それは木の台に括り付けられた奴隷を打ち据え、彼はくぐもった声を漏らした。

「足らんぞ、それでは」

　瑞王は酒瓶を傾けて中身を呷《あお》りながら、六皇子をけしかけた。六皇子はほんの少し不満げな顔をした後、何度も奴隷を叩く。この兄の不機嫌の原因は明らかだ。

「まったく……何が女神の化身だ。馬鹿馬鹿しい。これでやつらは皇太后と皇帝の覚えめでたくなったわけだ」

「忌々《いまいま》しいことです」

「……このままにはさせん」

そう言い捨てながら瑞王はさらに酒を呷《あお》った。その顔は赤く、かなり酒が回っている様子だ。

今回のことで彼らの母である江貴妃の面目も丸潰れである。皇太后と五皇子顕王の高笑いが聞こえるようで、瑞王はひたすら気分が悪かった。

「兄上、どうしてくれましょうか。呪術師でも呼びますか」

六皇子のその言葉は本気だったのだが、瑞王は口の端を吊り上げて笑った。

「はっ……それもいいかもしれんな」

瑞王は立ち上がり、六皇子の手にしていた罰杖を奪い取ると、奴隷を強く打ち据えた。

ソレが呻いたり動いたりしなくなるまで、何度も、何度も。

何やらきな臭い動きのある中で、蓮花たちはというと忙しい日々を過ごしていた。

皇族だけではない。どこぞの高官だの、出入りの大商人だのからの接触が増えたのだ。

やれ酒宴だ、会合だ、と人が群がり寄ってくる。

「虫のいい話だわ」

いかに、今まで自分たちが軽んじられていたのかが分かって、蓮花はぼやいた。

今日は久しぶりに時間が取れて後宮書庫に来ている。そのぼやきを耳にした柳老師は忠告した。

「福晋《ふじん》、新しく近寄る者には十分注意なさいませ。ご威光にすがろうとするくらいなら可愛いものです。中にはよからぬ考えの者もおります」

「……はい、本当に」

皇太子になるためにも、皇帝陛下の関心がこちらに向くことは良いことだ。だが、それを良く思わない者は当然いる。あの四皇子を筆頭にして。

だから蓮花は爪を研がなくてはならない。あらゆる害から劉帆を守り抜くために。

「柳老師、本日もご指導お願いいたします」

蓮花は深々と頭《こうべ》を垂れ、柳老師の講義を受けた。

「あ！　お邪魔しております」

「あら……またいらしたの」

授業を終えて蓮花が宮に戻ると、庭で七皇子が劉帆と組み手をしていた。あれから彼は時折、こちらに訪れてきては劉帆と栄淳に体術を習っているのだった。彼に関して心配は……まあ、大丈夫だろうと蓮花は思ってはいるのだが。

「いやぁ、顕王殿下のこのところのご活躍、我がことのように嬉しいですな。ここだけの話……殿下が次の皇太子、という将来もあるのではないですか？」

が、すぐに蓮花は頭を抱えたくなった。相変わらずこの皇子には配慮というものがない。たとえそう考えていたとしても、真っ正面から口にされたら答えづらいものだ。

「ほほほ……そんな勿体ないことですわ」

そう適当に答えた蓮花は逃げるようにしてさっさと自室に向かった。

「ねぇ……もう帰った？」

「ああ、律王か。もう夜だし帰ったよ。それで部屋に引っ込んでいたのか」

しばらくして蓮花が部屋から出て、こわごわ劉帆に聞くと、彼はその顔を見て苦笑していた。

「だってあの人、ずけずけものを言うんですもの」

「俺としてはあれぐらいスキがある方がありがたいけどな……」

劉帆はふっと窓の外を見る。その視線の先に思い浮かべているのは誰の顔なのか。

「……綺麗な月ね」

「今夜は満月か。風が気持ちいいな。よし蓮花、一杯やろう。おい！　酒とつまみを持ってこい」

劉帆は女官にそう言いつけると、蓮花を連れて夏の草が香る庭に出た。

「そら、葡萄酒だ」

「ありがとう」

受け取った杯に満たされた葡萄酒にはまん丸い月が反射していて、口をつけると、芳醇な味わいが口の中に広がる。だが、今宵の劉帆の誘いは唐突で蓮花は不思議に思った。

「その……急にどうしたの？」

「ずっと……謝らなきゃと思っていて」

「何を？」

「……泰王にとどめを刺すことを止めたことを、きちんと詫びなくてはと。その……もちろんあの場で蓮花が殺していたら大変なことになっていたのだけれど、しかし……あれは蓮花の兄上の仇なのに」

「ああ……そうね。この手で仕留められなかったのは確かに残念だわ。でも……あの二皇子の妃の目を見ていたら……出来なかった気がするわ」

「そうか」

少し強い風が吹き、蓮花の髪を乱す。月の光を受けて、琥珀《こはく》色の瞳は揺れていた。

「バヤル兄様は……もう帰ってこないもの。それよりも今は私、兄様のやりたかったことを成し遂げたいの。それにはあなたの力が必要。七皇子はあんな感じだし、二皇子はもう……あとは四皇子。でしょ？」

「ああ、その四皇子の瑞王が厄介なんだがな。彼は江貴妃の血を強く引いている。あの、抜け目のない、残酷な女の……」

「そんなに？」

蓮花はあのとてつもない若さを保った女がそこまでの存在とは思えなかった。皇帝の寵愛があるから好き勝手出来るだけであって、ただそれにすがっている女としか見ていなかったのだ。

「江貴妃は恐ろしい女だ。何人もの妃嬪《ひひん》や宮女が彼女に陥れられ、暗殺された。毒殺されたり、簀《す》巻《ま》きにして池に沈められたり……それらは握り潰されて事故や自殺とされたけれど、知っている者は知っている。かつては俺の母も俺も危なかった。ある時、霊廟《れいびょう》の像が破損され、その犯人にされそうになったんだ。皇后陛下が一緒にいたと証言してくれたから助かったけれど」

「まぁ……」

「瑞王と弟辰王《しんおう》も母によく似て残酷だ。彼らの宮殿からは使用人や出入りの者が何人も行方不明になっていると聞く。それはきっと……」

蓮花は恐ろしい話を聞いてごくりと固唾を呑み、首を横に振る。

「……そんな人物を未来の皇帝にしてはいけないわ」

「だが、この国は長幼の序を重んじる。二皇子が執務に当たれないとなれば、次の候補は瑞王になる」

蓮花には、それがどうも納得出来なかった。それではまるで愚か者を頭に置いて、滅びの道を突き進むようにしか思えなかったのだ。

「叶狗璃留《トゥグリル》なら、兄弟のうち最も優れた者を後継者にするわ。そして大事なことは八氏族の合議で決めるの」

「そういうところはいいな。より良い方法を合理的に決められる」

「そうね、でも……旺の社会の仕組みはすごいと思うわ。複雑できめ細かくて、それぞれの役割が明確。だから優れた大きな事業も出来る」

「……お互いの国の良いところを取り入れれば、より良い国になりそうだ」

「本当に」

蓮花と劉帆は互いに見つめ合い、ふっと笑った。

劉帆はしばらくじっと手の中の杯をもてあそんでいたが、中身をぐっと飲み干すと、蓮花に向き合ってその手を取った。

「蓮花。改めてありがとう。蓮花が妃でよかった。君と婚姻を結んで俺の運命は変わった。そしてこれからも……。蓮花はこの間『女神の化身』だなんて噂になって照れていたけど、俺にとっては女神そのものだ」

「劉帆……」

「俺が皇太子の位を得るまで……きっとあと少しだ」

劉帆は蓮花の肩に手を回し、抱きしめた。そして強く力を込めて、その耳元で囁く。

「……すべてが終わったら……その時は蓮花を妻として抱くよ」

「えっ……は、はい！」

蓮花はその言葉になんだか胸が詰まって泣きそうになってしまった。

「蓮花……俺の草原の花。俺と共に途方もない夢を見よう」

「ええ……きっと」

――固く抱き合う二人を、中天の満月が見下ろしていた。

パタリ、と小さな音を立てて劉帆の自室の扉が閉まる。

「……とうとう言ってしまった」

劉帆の呟きが暗い部屋に溶けていく。少し酒に酔いすぎたのかもしれない。

彼は寝台に腰かけると、一人で目元を覆った。

そうして思い出すのは皇帝から、叶狗璃留《トゥグリル》の姫との婚姻話を持ちかけられた時のことだった。

「……叶狗璃留《トゥグリル》ですか」

「ああ、一時期の勢いはないものの、属国の中でも大きな国だ。何より軍事に強い。その国との繋がりを強固にするのはこの旺にとって必要なことだ。受けてくれるな、顕王」

「はい……謹んで」

互いの国の人身御供か、とその時は思った。これが皇太子妃などとなれば厄介だが五皇子ならば繋ぎ止めるのに丁度良い、そのように皇帝も思ったのだろう。

「異民族の嫁かぁ。どう思う、栄淳」

「叶狗璃留《トゥグリル》は勇猛果敢な戦士の国ですね。丈夫な方が嫁《とつ》いでこられるのでは」

「丈夫さが売りってのもな……」

蛮族、夷狄《いてき》と呼ばれる民の地だ。姫と言ったってたかが知れている。劉帆はそんな風に思っていた。とにかくこれから自分は事を成すのだ。その邪魔にならないのならそれでいい。

皇帝に命じられた劉帆は、しぶしぶ叶狗璃留《トゥグリル》の地まで花嫁を迎えに行った。

「あの……私です」

「お前か。ふむ……」

戸惑った顔で自分に声をかけてきた晴れ着の娘を、劉帆はまじまじと見つめた。

絹糸のような黒髪、抜けるように白い肌、赤い唇、そして何よりも印象的だったのは蜂蜜のような色の大きな目。思っていたのと全く違う。

「俺は旺の五皇子、劉帆だ」

「わ、私は蓮花……です」

蛮族というからには、日に焼けた厳《いか》つい女を思い描いていたのだ。だがそんな想像とはかけ離れていた。

皇太子貞彰が亡くなってから、劉帆は次の皇太子になるまで女を断つと誓っている。醜女《しこめ》ならば目に入れないで済むと思っていたのに困ったことになった。

「へぇ、叶狗璃留《トゥグリル》の女は初めて見たが、なかなか可愛いじゃないか。良かった、牛みたいのじゃあなくて」

「牛……?」

「ははは！　冗談だ」

せめて嫌われようと、劉帆はいかにも頭の悪そうな軽口を叩いたのだった。

そして次に驚いたのは旺への道中、盗賊に襲われた時だ。

「栄淳、剣を取れ。我らも参るぞ」

「お待ちください、危険です。衛兵に任せましょう」

「しかしこちらには叶狗璃留《トゥグリル》の花嫁がいるのだ」

「ですが……。ん⁉」

外を見た栄淳が、柄にもない素っ頓狂な声を出した。どうした、と劉帆も輿《こし》から身を乗り出して息を呑んだ。

そこには白馬に跨がり、弓を放つ蓮花の姿があった。

「強い……ですね」

「ああ、動きに迷いがない。まさか女人にあんな……」

まるで狼だ。と思った。鋭い牙で獲物を仕留める草原の王者。後宮のよちよち歩きの愛玩犬とは格が違う。

そしてその彼女が、殺された兄の無念を晴らそうとしているのを聞いて、劉帆の覚悟は決まったのだ。こんな姫君などどこにもいない。彼女こそ、劉帆の懐刀。兄弟たちを出し抜く最大の武器になると。

「この決められた盤上をひっくり返す……それが……」

はじめは互いの目的を果たす同盟のようなものだと、劉帆は理解していた。

けれど、蓮花の明るい振る舞い、何事にも一生懸命な姿を見ているうちにそれが変化していった。

何より、まさかの蓮花の方から夫婦の交わりを迫られた時に、はっきりと自覚した。

自分は蓮花を好いている。女性として、妻として愛していると。しかし、まだ何も成していない不安定なこの身の上で、それを口にするのは躊躇《ためら》われた。

だが、ついに劉帆は思いを蓮花に伝えた。もう、後戻りは出来ない。二人手を取り、この国の玉座に着くのだ。……絶対に。

# 第六章

皇帝の仕事は早朝から始まる。その皇帝を支える側近の高官たちの朝はもっと早い。生まれたての太陽が、ほんの少し空を白く染めた頃、彼らは動き出す。

今日も審議すべき案件、決裁を仰《あお》ぐ案件は山とある。それを万事滞《とどこお》りなく済ませるようにするのが彼らの役目。だが、その日の朝は様子が違った。

「探せ！　なんとしてもだ」

慌ただしい靴の音が宮殿を駆け巡る。皆小声で耳打ちをし合い、あちらこちらを駆けずり回った。

「……なんだと」

そんな高官たちの苦労も実らず、彼らは床に這いつくばり叩頭し、皇帝へ報告をすることとなった。

「玉璽《ぎょくじ》がないとはどういうことだ」

皇帝の声に怒気が混じる。高官たちは額を擦り付けるようにして報告を続けた。

「け、今朝……当番の者が玉璽《ぎょくじ》を運ぼうとしたところ、蔵の中が空《から》になっていまして」

「馬鹿な！　番人は何をしていたのだ」

「それが、何者かに切りつけられ絶命していました」

震える声で、彼らは奏上した。それだけの一大事なのだ。玉璽《ぎょくじ》とは皇帝の印、皇帝の勅詔は玉璽《ぎょくじ》の印と共に初めて力を持つ。つまり皇帝が皇帝たる印である。

それだけではない。もし、皇帝を名乗りたい者が玉璽《ぎょくじ》を手に入れ、自分こそ帝位にあるべきと唱えれば、それは重大な力を持ち、帝国をひっくり返す可能性もある。それくらい重要なものなのだ。それが今、どこにも見当たらないという。

「誰の手にも渡してはならぬ。必ず探せ……！」

「ははっ」

皇帝はぐっと拳を握りしめる。その手は、あまりに力がこもり節が白く浮かび上がっていた。


「おはよう、アリマ」

「おはようございます。蓮花様。ご機嫌がよろしいようで」

「そ、そう？」

　目を覚まし、洗顔の水を受け取った蓮花は、アリマの言葉に頬を染めた。冷たい水でそれを冷やしつつも、昨晩の劉帆の言葉が耳に蘇《よみがえ》る。

「……アリマ、私はこれから朝は乳を今の倍飲むわ」

「どうしたんです」

「だって、殿方ってちょっとふっくらしてた方が好きでしょ？　もう少し……あったほうが」

「それは好みによるんじゃないですかね」

　はっきり言って蓮花は浮かれていた。劉帆がようやっと自分の気持ちを言ってくれたのだ。今までだって邪険にされたことなどなかったけれど、自分たちは互いに好いて一緒になった夫婦とは違う。劉帆がそんな態度を示してくれたことがこの上なく嬉しかったのだ。

「蓮花様……？」

　明らかに様子のおかしい主に、アリマは怪訝《けげん》そうな顔をしている。

「……ごめん」

　蓮花は恥ずかしさが込み上げてきて顔を覆った。

だが、その幸福は長くは続かなかったのだった。

宮殿の内廷の金鴉殿《きんあでん》、ここは皇帝が日常の政務を行い、寝宮となっている場所だ。皇帝は重大な事件を受けて奥に引きこもっていた。

「まさかこんなことが起ころうとは」

「本当に……陛下の心中、如何ばかりかお察ししますわ」

その横に侍《はべ》るのは江貴妃だ。柳のような眉を寄せ、胸が痛いとばかりに押さえてしなだれかかる。

「皇帝の玉璽《ぎょくじ》を盗み出すなんて、信じられません」

「ああ、よもやそんな不心得者がいようとは」

「恐ろしい……国家転覆を考えているのでしょうか。陛下のお立場は盤石でありますのに」

皇帝は江貴妃の言葉に、そんなはずはないと首を横に振った。

「まさか……そんなわけはあるまい。近頃は大きな戦もないし、反乱も少ない。北の騎馬民族は押さえてあるしな」

江貴妃は立ち上がり、香炉を手にすると静かに香を焚《た》き始めた。

「ですが、現に事件が起きた……。犯人を闇雲に探すよりも、それで利を得る人間を探した方がいいのかもしれません」

「……と言うと」

「陛下は皇太子が亡くなられてから、なかなか次の後継者を指名なさらないでしょう？　もしや、と思いまして」

「何が言いたいのだ。誰ぞ反乱でも企んでいるというのか」

皇帝は焦《じ》れたように江貴妃の手を掴んだ。江貴妃はそのまま皇帝の胸の中に滑り込み、囁く。

「もしかしたら……顕王殿下かもしれません」

「まさか」

「わたくしもそんなこと考えたくありませんわ。ですが顕王殿下には今や叶狗璃留《トゥグリル》という後ろ盾がある。あのお妃との婚姻で……。叶狗璃留《トゥグリル》が勢力を得るのに殿下が利用されているとしたら……」

馬鹿な、と江貴妃の言葉を否定しようとして、皇帝ははっとした。五皇子の顕王と言えば、以前は目立つ皇子ではなかった。ところがあの妃との婚儀の後は人が変わったように秀でた面を見せるようになった。男としての責任感が生まれたのだろうと、単純にその成長を喜んでいたのだが、裏で叶狗璃留《トゥグリル》が糸を引いているのだとしたら……

「なんと……どうすれば」

「直接……顕王殿下に問いただすのがいいかと」

江貴妃はにっこりと微笑んだ。赤い紅を引いた唇が三日月のように歪む。

「そ、そうだな。さっそく使いを出そう」

「ええ、そうなさいませ」

納得した皇帝を見て、江貴妃は内心で高笑いをしていた。やはり凡庸で浅才な男だと。平穏な世だからなんとか務まっているだけで、本来はきっと皇帝の器ではないのだ。政治よりも芸事や美術を愛する柔《やわ》な男……だが、だからこそ江貴妃には都合が良かった。

賢く聡い皇帝であったら扱いにくくて仕方ない。彼には息子の瑞王を後継者にしてもらわなくてはならないのだから。そうして江貴妃は国母となり、この国の隅々まで支配するのだ。

「ふふふ……」

隠れてこっそりと浮かべるその笑みは、なんとも底知れぬものであった。

＊＊＊

その一団は、宮殿の廊下を早足で進んでいく。通りがかった人は、あまりの勢いに思わず避けて道を空《あ》けた。彼らが向かうのは劉帆たちの居宮であった。

「皇帝陛下の命で来た、ここを開けよ！」

強引に門を突破し、表の扉までなだれ込むようにしてやって来た彼らの前に立ちはだかったのは栄淳だった。

「何者です。どのような用件で参ったのですか」

「どけ！　邪魔だ」

武装した男たちは、栄淳を押しのけて中に入ろうとした。しかし、先頭の男の腕を栄淳は掴んで離さない。当然、男はその手を払おうとしたが、全く動かない。

「く……おのれ、皇帝の使いである我々に逆らうつもりか。逆心ととるぞ！」

「栄淳、離してやれ」

そこに劉帆が現れた。すると、男たちはさっと身を引き、剣の柄に手をやる。

「おいおい……随分なお迎えだな。一体何があった」

「顕王殿下。おとなしくこちらにお越しください。陛下からお呼び出しです」

「……いいだろう」

劉帆は階段を下りる。彼の周りを警戒するように槍兵が囲んだ。

「劉帆！」

そのまま連れていかれそうになる劉帆の後ろから蓮花の叫び声がした。

「なんなの、あなたたち！　これじゃまるで罪人じゃないの」

「蓮花、大丈夫だ。ここで抵抗するのはかえってまずい……大人しく待っていてくれ」

「でも……」

「曲がりなりにも俺は皇子だ。ちゃんと帰ってくるよ。栄淳！　蓮花のことは頼んだ」

そう言って、劉帆は兵に囲まれて大正殿へと向かっていき、蓮花は固唾を呑んでその後ろ姿を見守るしかなかった。

「どうしてこんなことに……。栄淳、劉帆は本当に大丈夫よね⁉」

「……福晋《ふじん》、中にお入りください」

「ねぇ、答えて！」

「何があったのか探って参ります。ですから今は……」

見れば栄淳も真っ青な顔をしていた。蓮花はそれで、これは何かまずいことが起こっているのだと察した。

人の口に戸は立てられないものである。特に後宮《ここ》では。昼間の一件は瞬《また》く間に噂となり、その原因についてあれやこれやと憶測が流れた。

「おい、聞いたか。玉璽《ぎょくじ》の話」

「もっと小声で！　殺されるぞ」

そして、その原因は玉璽《ぎょくじ》の行方が分からなくなったことだと噂された。

とすれば、注目が行くのは劉帆の方である。

「ついに誰も来なくなったわね」

蓮花は窓の外を眺めながら呟いた。あれだけあった来客がぴたりと止んだ。誰も彼も危ない橋は渡りたくないのである。

「殿下は、西の外れの黎汀宮《れいていきゅう》にいらっしゃるようです。警備がやたらと厳重になったので間違いないと思います」

栄淳はこの後宮にある、崩れ落ちそうな打ち捨てられた宮殿に劉帆が押し込められていることを探り出していた。しかし公《おおやけ》にはなんの知らせもない。

「……面会も差し入れも出来ないなんて」

「賄賂を握らせて着替えと食料を届けましたが、果たして殿下の手に渡っているか」

「まったく……！　何よ玉璽《ぎょくじ》って！　そんなものは知らないわ。濡れ衣を着せようっていうの？」

蓮花は怒りのあまり卓を叩いた。一度、宮の中を探させろと言って役人が大勢来た。後ろ暗いところなどない蓮花は彼らの好きにさせたのだが、それでも無実の証明にはならなかったようだ。

「劉帆……大丈夫かしら。ご飯を食べられてるかしら……ちゃんと眠れているかしら……」

「蓮花様こそ、ちゃんと食事をお召し上がりになりませんと」

アリマは蓮花に強い口調でそう言うと、コトリと卓の上に乳粥の椀を置いた。

「いざという時に動けるように。戦の心得として一番大事なことですわ」

「アリマ」

「違いますか？　今は戦の時。戦ならば攻め込まれることもございましょう。その時にうじうじと柔弱であれば負けは確定です。いいですか、顕王殿下のいらっしゃらない今、ここの大将は蓮花様なのですよ」

戦。その言葉に蓮花はハッとした。そうだ、劉帆があの誕生日の宴で自身の能力を披露してから、とっくに戦は始まっていたのだ。

「アリマ、匙《さじ》をちょうだい。……食べるわ」

蓮花は椀をガッと掴んで粥《かゆ》を掻き込んだ。


月が随分細くなった、と思いながら劉帆は外を眺めた。壊れた窓枠には乱暴に木が打ち付けられ、簡単には出られないようになっている。まあ、出たところで衛兵に捕まるのが落ちなのだが。

「寒……」

夏とはいえ夜は冷える。しかも寝床には布団もない。冷たく固いところに身を横たえるしかなく、食事は日に一度、冷え切った雑炊が出されるだけだった。

「ここまでやるとはな……」

容疑があるといっても、ただそれだけで皇族、それも皇子をこのような場所に監禁してこの仕打ち。昼間はずっと身に覚えのない件について取り調べが続き、劉帆も大分参ってきた。だが、それよりも心配なのは蓮花のことだった。

大丈夫だと言い残して、もう何日経っただろうか。劉帆はきっと心配しているだろう蓮花のことを考えながら、再び窓の外に目を移した。すると、何かが視界の端にうごめいたのが見えた。

「劉帆」

ほんの囁き声。その聞き慣れた声に劉帆は耳を疑った。

「蓮花……!?」

そこにいたのは、二皇子の宮へ忍び込んだ時のように黒装束に身を包んだ蓮花だった。

「静かに。誰か来ちゃうわ。……良かった無事で。乱暴なことはされてない？」

「ああ。そっちこそ」

「私は元気。これ、着替えと食べ物よ。干しいちじく、好きだって聞いたから入れておいたわ。ごめんね、少ししか持ってこられなくて」

「それはありがたいが……こんなところに来たら危ないぞ」

「分かってるわ。今、栄淳が表の衛兵の注意を引きつけてるの。あんまり長くはいられない」

蓮花の細い手が窓の木の隙間から伸びる。劉帆はその手を握り返した。

「とにかく無事が分かって良かった。絶対に助けるからね」

「ああ……」

名残惜しげに離れていった蓮花の手のぬくもりを、劉帆はそれからずっと思い出していた。

「どうでしたか」

無言のまま宮に戻ってきた栄淳は、無事に辿り着くと、真っ先に劉帆の様子を蓮花に聞いた。きっと彼も一緒に駆けつけたかっただろうに囮を買って出て、蓮花を行かせてくれたのだ。

「無事だった。でも、随分やつれていたわ」

「無理もありません。やってもいないことを証明するのは並大抵のことではありませんから」

「本当よ。劉帆は暗くて何もない部屋にいたわ。あんな扱いって……」

蓮花は悔しくて唇を噛んだ。叶うならばあのまま劉帆を連れ出してしまいたかったのに、と。

「無駄かもしれませんがまた皇帝陛下に拝謁の要望を出しましょう」

「ええ……」

蓮花はこれまで三度、劉帆のために皇帝に手紙を出していた。だがいずれも返事がなかった。それでも何もしないよりはいいと、蓮花はまた筆を執った。

「皇帝陛下からの返答をお持ちしました」

翌日、そんな使いが来た。正直、今度も無視されるとばかり思っていた蓮花は、使者を笑顔で迎えた。だが、その答えを聞いて青ざめた。

「……なんですって」

「ですから、斗武南福晋《とむなむふじん》は当面の間、外出と外部との連絡を禁ずる、とのことです」

「……」

今度は蓮花まで閉じ込められてしまった。劉帆のように獄舎も同然のところに押し込められたわけではないものの、こうなると何も動けない。

「裏目に出てしまいましたか……まともに皇帝の元に手紙が届いているのかも怪しいですがね」

栄淳もこの決定は予想外だったらしく、悔しげに顔を歪めた。

「……一人にさせて」

蓮花はがっくりと肩を落とし、自室へと引っ込んだ。そして寝台の上に突っ伏すと、声を出さずに泣いた。もう、どうしていいか分からない。この動きの裏に江貴妃たちがいることは明らかだが、ここまで強硬な手を使ってくるとは思わなかった。劉帆を確実に潰してやる、という強い意志を感じる。

「こんなことなら……願掛けなんかしなきゃ……」

そんなものは無視して、夫婦の契りを結んでおけばよかった、と蓮花は後悔していた。あの夜、抱きしめられた時の体温をまた感じたい。声が聞きたい。今は劉帆が側にいないことが悲しく、苦しい。蓮花は絶望で目の前が真っ暗になるのを感じた。

＊＊＊

翌日から、蓮花の宮の周りに衛兵が配備された。もちろん蓮花を外に出さないためである。彼らは昼も夜も見回りをしているので、また抜け出して劉帆の元に忍んでいくことも出来ない。

「福晋《ふじん》、お話が」

そんな日が何日も続いた。すると栄淳は思い詰めた顔をして、蓮花の前にやって来た。

「私はここを出て、殿下について調べてこようと思います」

「私も行くわ」

「福晋《ふじん》はここに留まってください。あなたがいないとなったらさすがに騒ぎになります。それにこの警備体制では無理です。でも……私一人ならなんとか抜け出せる」

栄淳は膝を突き、蓮花に頭《こうべ》を垂れた。

「どうか許してください。顕王殿下からはあなたを頼むと言われたのに」

「栄淳……顔を上げて。私からもお願い。どうか劉帆を救って」

「はい。必ずや」

そうして栄淳は夜陰に紛れ、行方をくらませた。


「やぁ、お元気ですかな」

そんな折に蓮花の元を訪れる者がいた。

「律王殿下……どうして」

それは七皇子だった。玉璽《ぎょくじ》盗難の疑いをかけられて、人の寄りつかなくなったこの宮殿に一体どんな理由で訪れたというのだろうか。

「ここに来たら、あなたまで疑われるわ。何が起こっているのか知らないわけではないでしょう」

狼狽《うろた》えながら蓮花がそう聞くと、彼は豪快に笑うのだった。

「ええ、分かっていますとも。だからこそ来たのです。皇兄《あにうえ》のため、師父《しふ》の頼みですから」

「師父……ってもしかして栄淳のこと⁉　確かに体術を習ってたけど」

「ふふ。彼はよく分かってますね。私なら情勢を理解せず、ここに出入りしてもおかしくはない。何しろ考えなしの無骨者と思われてますから。実際小難しいことを考えるのが性に合わないのは確か。私も今更失うものも大してありませんし」

「そんな……」

「あ、でもうんと美人の妃を娶《めと》るっていう夢は遠のいたかな。ま、それはいいのです。私は伝言を届けに来ました」

七皇子はそこまで言うと、急に真面目な顔になる。そして声を潜め、口早に用件を告げた。

「……顗王殿下が黎汀宮から姿を消しました」

「えっ⁉」

七皇子の言葉に、蓮花は耳を疑った。

「殿下の拘束から今まで、江一族の息のかかった者が動いています。それでも後宮の中にいるなら様子も分かったのですが……師父は今、その行方を追っています」

「分かりました」

蓮花はただ、強張った顔をして頷いた。

「……劉帆」

一体どこに姿を消したというのか。劉帆が言っていた、四皇子の元から何人もの行方不明者が出ているという話を思い出す。彼らはどんな目に遭ってどこへ行ったのだろう。蓮花は背筋がぞくっとした。

「このままでは……殺されてしまう……？」

蓮花は悶々《もんもん》と考え、夜半を過ぎても眠れないままでいる。そんな蓮花を見守るようにして部屋の隅で繕い物をしていたアリマは、机に肘をついて眠り込んでしまっていた。

「アリマ。風邪を引くわよ」

蓮花が上掛けをかけてやろうと近づいた時だった。

「……が炎に……」

アリマがぽつりと呟いた。

「鳳凰《ほうおう》……炎に……包まれて」

アリマは苦しそうに眉根を寄せて、何度もうわごとを繰り返している。

これはアリマの夢占なのだろうか。鳳凰《ほうおう》が炎に包まれるとは、どういう意味なのだろうか。悪い夢だとしたら、蓮花と劉帆のこの先は……。蓮花は恐ろしくなってアリマを揺さぶって起こした。

「あ……蓮花様……私、寝てましたか」

「風邪引くわ。ちゃんと寝床で寝なさい」

目を覚ましたアリマは夢を全く覚えていなかった。なので、その夢の意味はよく分からない。ただ、蓮花は嫌な予感を覚えた。そんな不安を振り払うよう、暗い部屋で手燭の灯りだけを頼りに蓮花は外を見つめた。新月の夜、星ばかりが明るい。

――その時だった。蓮花は背後から急に口を塞がれた。

「むぐ……」

蓮花は身をよじり、相手のみぞおちに肘打ちを入れようとしたがするりと躱《かわ》されてしまう。こんな動きをするのは……もしかして、と顔を上げるとそこにいたのは栄淳だった。黒ずくめの格好で、闇に溶け込むようにしている。

「静かに」

「栄淳、帰ってきたの」

栄淳はこくりと頷くと、蓮花から手を離した。

「顕王殿下の居場所が分かりました。城外の廃寺に移送されているようです」

「なんでそんなことを……」

「きっと殿下を好きなように痛めつけるつもりなのでしょう。瑞王は大の拷問好き。外ならば死体の始末も楽で、うやむやにしやすいですから」

蓮花は腹の底から憎しみが湧き上がってくるのを感じる。彼らに人の心はないのだろうか。半分は血の繋がった兄弟だというのに。

「このままでは無罪を証明する前に、劉帆が殺されてしまうわ」

「今から助けに行けば、きっと間に合います」

「でも、そうしたら……」

この宮の包囲を突破することになる。そうすれば蓮花が外に出たとばれてしまうだろう。そうなれば、せっかく劉帆を助け出したところで二人とも拘束されないとも限らない。最悪もうここには戻ってこられない。

「福晋《ふじん》、ちょっと耳をお貸しください」

栄淳の申し出に、蓮花は不思議に思いながら近づいた。

「……」

「え……」

驚きで、蓮花の目が大きく見開かれる。まじまじと栄淳を見つめ返すと、彼は黙って頷いた。

「本気なのね……分かったわ」

戸惑いはあった。だけど今は栄淳のことを信じよう。そう蓮花は心に決めた。

そしてすぐにあの黒装束に身を包むと、弓とかつて劉帆から送られた刀、ゾリグを腰に差した。

「行きましょう」

蓮花と栄淳はそっと門に向かって忍び寄る。栄淳が、小さな笛を取り出し三度吹いた。すると突然、反対方向から爆発が起こった。

「わっ！」

「福晋《ふじん》、今のうちです」

門の前の衛兵たちがそれに気をとられているうちに、蓮花たちはそこを突破した。

「さっきのは……」

「律王殿下に協力を仰ぎました。式典用の花火に火をつけただけです」

先ほどの笛は合図だったのだ。そして都合のいいことに、あの爆発で宮殿の大門も警備が手薄になっており、横の茂みの木を伝って二人は城の外に出た。

「寺の位置は分かっているの？」

「もちろんです。ここから東です」

ふたつの黒い影が、深夜の帝都の街を駆け抜けていった。


隙間風の音で劉帆は意識を取り戻した。窓は破れ、壁が崩れかけているのは同じだが、あの監禁されていたボロボロの宮とは違う。そして何より後ろ手に縛られ、脚も縄でくくられていて身動きが出来ない。

「……ここはどこだ」

全身に奇妙な気怠《けだる》さを感じながら、劉帆は掠《かす》れた声を出した。するとそれに答える声が飛んできた。

「ようやく目を覚ましたか。ちと薬が強かったな」

「瑞王……」

それは四皇子、瑞王であった。椅子に脚を組んで座り、刑罰に使う罰杖を手に、床に転がった劉帆を見下ろしていた。そして瑞王の横には六皇子が立っている。

彼は食事に混ぜた薬で眠らせた劉帆が目覚めるまでわざわざ待っていた。それは自らの手で意識のある劉帆を痛めつけたいのと、聞きたいことがあったからだ。

「顕王。お前に聞きたい。玉璽《ぎょくじ》はどこにある?」

「知らん。元より俺は一度も触れたことすらない」

その劉帆の答えに、瑞王は表情を歪ませて大きくため息をついた。

「違うんだよ、顕王。私は役人のような決まり通りの詰問をしているわけじゃない。玉璽《ぎょくじ》はあるはずなんだ。どこに隠した?」

「なんのことだ」

途端、瑞王は劉帆を殴打した。

「しらばっくれるな!」

瑞王の焦った口調に、劉帆ははっとした。

「お前まさか……玉璽《ぎょくじ》を盗んで俺の元に……」

言い終わらないうちに瑞王は劉帆の顔を拳で殴った。唇の端が切れ、血が滲《にじ》む。さらに腹を蹴り飛ばされて劉帆は身を折りたたんで呻いた。そんな劉帆の髪を掴み、その顔を引き寄せて、瑞王はうわずった声で語りかける。

「ああ、もう本当にお前は手を煩わせてくれるね。おとなしく玉璽《ぎょくじ》盗難の犯人となって捕まればよかったものの。ま、とにかく犯人はお前で決まりだ。それは覆《くつがえ》らない。でも、肝心の玉璽《ぎょくじ》がどこにあるのか分からないのは困る」

彼の声はどこか嬉しそうでもあった。玉璽《ぎょくじ》の紛失という一大事にあって、なぜそんな態度をとれるのか、やはりこの男は何かがおかしい、と劉帆は思った。

「玉璽《ぎょくじ》のありかを吐け」

「本当に知らん」

その答えに、瑞王は杖を持って力一杯、何度も何度も劉帆を叩き伏せる。

「……ふん。簡単には吐かないか。辰王、アレを持っておいで」

「はい、兄上こちらに」

それは水の入った盥《たらい》だった。そして劉帆の髪を掴むとそのまま盥《たらい》の水に顔を沈めさせる。

「ごほっ……げほっ」

「さあ、もう一度だ」

そして何度も何度も劉帆を水責めにする。苦しさから劉帆が身をよじるのを、瑞王は楽しげに眺め、ギリギリのところで水から引き上げて玉璽《ぎょくじ》のありかを聞いた。しかし聞かれたところで本当にそんなことは知らない劉帆は答えようがなく、さらに水に沈められることになった。

「はぁ……はぁ……」

荒く息をして、ぐったりと身を脱力する劉帆。瑞王は劉帆を床に叩き付けるとにやりと笑った。

「しぶとい男だね。辰王《しんおう》、来い！」

瑞王は六皇子に命令して何かを受け取ると、笑顔で振り返った。

「これが何か分かるかい？　刺繍の針だ。細いだろう？　これを今からお前に刺してやろうと思う」

言い終わるか言い終わらないかのうちに、瑞王は劉帆の指を掴んでその爪の間に針を突き立てた。

「ぐあっ……」

痛みで劉帆が声を上げると、瑞王は楽しげに含み笑いを漏らす。

「地味だけど痛いだろう。全部の爪に刺したら今度は爪そのものを剥がしてやろうね」

そんな恐ろしいことを囁きつつ、瑞王は劉帆の手を取った。

その時だった。一閃、窓から飛び込んできた何かが瑞王の手を弾き飛ばす。見ればそれは一本の矢だった。

「何者だ！」

瑞王が動揺しつつ声を上げると、廃寺の戸が音を立てて倒れた。

「私よ」

中に入ってきた小柄な影を室内の灯りが照らした。その火に浮かぶ金色の瞳。黒い、短い上衣にぴったりとした袴を着て、庶民の男のようななりをしている。その人物は獲物を見定めた狼のようにギラギラと四皇子と六皇子を睨みつけていた。

「まさか顕王の……妃」

直接ここに乗り込んでくるなど、予想もしていなかった瑞王たちは狼狽《うろた》えた。

「瑞王、劉帆を返してもらうわ」

蓮花は弓を引き、矢を放つ。それは瑞王の服の裾を床に縫い止めた。

「うわ……」

その光景に、六皇子は後ずさりした。そこにまた矢が飛んでくる。背を向けて逃げ出そうとした目の前の壁に矢が突き刺さって彼は短く悲鳴を上げる。

「どこに行こうっていうの？」

蓮花の怒りに満ちた、だが静かな声が廃寺の中に響く。二人の皇子に向けて矢をつがえ、蓮花は劉帆の側に駆け寄った。

「劉帆、大丈夫？」

「……ああ」

弱々しかったが、劉帆はそう答えた。蓮花はぐっと弓を引く手に力を込め、連続で矢を放った。

「ぐあっ」

狙ったのは皇子たちの脚。二人の動きを封じて、早く劉帆の手当をしなければならない。

「劉帆、ごめんね」

突き刺さった矢を抜こうと脚を抱えて苦戦している彼らを尻目に、蓮花は刀で劉帆を拘束していた縄を切った。

「ありがとう……うっ」

劉帆は立ち上がろうとして呻いた。どうやら瑞王の拷問によって脚を痛めたらしい。

「無理をしないで、劉帆」

蓮花が劉帆に手を伸ばし、起き上がるのを手伝ってやろうとした時だった。

ピィーッと甲高い笛の音が鳴る。蓮花と劉帆が顔を上げると、瑞王が勝ち誇った表情で高笑いをした。

　するとそれを合図に、奥から何人もの武装した男たちがどっとなだれ込んでくる。

「あははは！　丁度良い、二人まとめて死んでしまえ！」

「そんなことさせないわ」

　蓮花は刀を握り直し、向かってくる男たちを切り捨てる。その動きはまるで蝶が舞うように軽く、男たちは翻弄《ほんろう》された。しかし、そうは言っても怪我をした劉帆をかばいつつ、多勢に無勢のこの状況。暴漢の手は蓮花のすぐそこに迫り、ついにその腕を掴んだ。

「畜生、このアマ。手間取らせやがって！」

「くっ」

「おい、皇子さんよぉ！　男の方は殺すとして、これは好きにしてもいいんだよなぁ」

　彼らの頭目と思われる、大柄な頭の禿げた男が大声で瑞王に向かって叫んだ。

「ああ。煮るなり焼くなり、どうぞ。私はそんな狂犬みたいな女はごめんだけどね」

　瑞王は同じ空気を吸いたくない、とでも言いたげに口元を隠し、男に答える。

「だとさ、ねえちゃん楽しもうか。おい、男を殺っちまえ！」

　頭目は下卑《げび》た笑みを浮かべ、上機嫌でそう言いながら振り返ったが、次の瞬間固まった。

「私の殿下にそんなことはさせませんよ」

「栄淳！」

埃のついた手をはたいている栄淳の足下には、気を失った男たちが伸びている。

「表のならず者の始末をしたら遅れました。で、なんですって？　うちの殿下を殺して、妃に乱暴をするおつもりでしたっけ」

栄淳の凍りつきそうな目に、状況を理解した頭目はだらだらと脂汗を流した。

「いやいや……聞き違いでしょう」

そう言うや否や、頭目はその巨体からは考えられない身軽さで、廃寺を飛び出していった。

「やれやれ……ああいうのが案外長生きしたりするんですよね。本当はとっ捕まえて一発食らわせてやりたいところですが、今はそれどころではないので」

と、そこで栄淳は言葉を切って、視線を廃寺の奥にいる二人の皇子に向けた。

「あ……あ……。あれをなんとかしろ、辰王！」

「そう言われましても、兄上」

手持ちの駒を失って、瑞王は焦り、六皇子をけしかけようとするが、二人とも蓮花に脚を射貫かれて思うように動けない。そこにギラギラした目をした蓮花と栄淳が迫ってくる。

「さあて、どうしてくれようかしら」

「これは過ぎたいたずらですからね。相応の報いが必要かと思います」

皇子たちは最早これまでと目をつむった。


——翌朝。その男はふらふらと路地をさまよっていた。昨晩は痛飲し、途中から記憶がない。気が付けばこの街外れの通りにひっくり返っていた。財布は消えていたが、服は着ている。命があったのがありがたい。どうにか家への道を探して歩いているところで、男はそれを見つけた。

「うわぁあああっ!」

その悲鳴に他の家々から人がどうしたどうしたと顔を出す。そんな人々に、男は震える指で、廃寺の門を指し示した。

「首吊り死体だーっ!」

その声であたりは大騒ぎとなった。門の近くの木に、人間が二人ぶら下がっている。腰を抜かす者もいたし、成仏を祈って手を合わせる者もいる。すると、急にそのぶら下がっている人間が動いた。

「馬鹿者！　まだ生きているぞ、早くここから下ろせ！」

「ひゃああ！　喋った！」

それは目隠しをされ、木に吊るされた四皇子・瑞王と六皇子・辰王だった。

駆けつけた警邏《けいら》によって、この二人の身元が分かると、さらに騒ぎは大きくなった。そしてなんとか後宮に辿り着いた二人であったが、騒ぎとなったことが問題となり、大いに咎められ、なぜあんなところにいたのかと皇帝に問い詰められた。とはいえ、まともに答えれば醜聞では済まない。

「……市井を見物する折に、酒を飲みすぎまして、暴漢にやられました」

瑞王は内心煮えくり返りそうなところをぐっと堪《こら》えて、そう答えるしかなかった。

――そしてそのまま、蓮花と劉帆は帝都から姿を消した。

＊＊＊

「おじさん、羊の肉を、えーと……二斤ちょうだい」

「あいよ」

「しっかり見てるからね。ちょろまかしたら駄目よ」

「奥さんにはかなわんなぁ」

ここは南頌県のとある町の市場。肉屋の店先で肉を注文した若妻に、店の主人は苦笑する。その様がなんとも初々《ういうい》しかったからだ。

「はい、お代は八銭だよ」

「ありがとう！」

商品を抱え、小走りで去っていく彼女を、肉屋は微笑ましそうに見送った。

「お肉買えました？」

「ええ、アリマ。ほら」

先ほどの若妻が、馬の手綱を持って待機していた女に話しかけられて、頭に被っていた布を取る。それは蓮花だった。アリマは受け取った肉を馬にくくった籠にしまい込んだ。

「では行きましょうか」

その馬はもちろんソリルである。重たい荷物を背負って歩き出すソリルの首元を蓮花が優しく撫でた。二人は町を離れ、村の山道をしばらく歩くと、高台にある寺に辿り着いた。

「劉帆！　ただいま」

「おう、お帰り」

劉帆は境内の裏で薪割りをしているところだった。

四皇子と六皇子をあの廃寺の木に吊るした後、二人はそのまま帝都から離れた。そうして目指したのは南頌——以前、水害に遭い、劉帆と蓮花が支援したこの地だったのだ。

住民たちの避難先となっていたこの寺は、そんなわけありの二人を受け入れ、境内の隅の庵《いおり》を住居として差し出してくれたのだった。

「荷物を下ろすのを手伝ってくれる？」

「ああ、もちろん」

劉帆はそう答えると、ソリルに近づいた。するとソリルは首を伸ばして劉帆の服に噛みついた。

「痛っ！　おい、やめろ」

「あははは、ソリルは本当に劉帆が好きね」

「違うだろう、これは嫌われてると思うんだが……」

劉帆はいまいち納得のいかない顔で荷物を降ろしている。その顔を見て蓮花はとうとう噴き出した。

「それにしても、アリマがソリルを連れてきた時はびっくりしたわ」

「そうだな。宮殿の警備を振り切って駆けつけてくるなんて」

アリマはなんでも器用にこなす出来た侍女だが、命をかけてソリルを連れて、二人の元に駆けつけてきたのには二人とも驚いていたのだった。

「本当は私よりアリマのほうがずっと馬を操るのが上手なの。同年代の子供たちの間でもいつも一等だった。でも、だからって後宮を飛び出してくるなんて思わなかった」

「だって蓮花様のいない後宮に用はありませんから」

おかげで二人の逃亡がかなり楽になったのは確かだ。

一方で、栄淳は宮殿へと戻った。顕王殿下の宮を空《から》にするわけにはいかない、都に残りいざという時に動ける人間が必要で、それこそが私だと思う、と言って朝靄《あさもや》の中を彼は去っていった。

「栄淳……あとは自分に任せろって言っていたけれど、無事かしら」

「栄淳は蓮花が嫁《とつ》いでくるまで、俺のたった一人の味方だった。それこそ信じるしかないさ」

栄淳の身を案じて肩を落とす蓮花の手を、劉帆はそっと握って励ました。蓮花が見上げると、彼は黙って頷く。じっと見つめ合う形になって、蓮花は急に気恥ずかしくなって手を離した。

「あっ、えっと！　昼食作らなきゃ」

「お、おう」

「市場に行って肉が手に入ったから、肉入りの麺を作るわ。叶狗璃留《トゥグリル》の料理よ」

「そうか、楽しみだな」

蓮花とアリマは鍋に水を入れ、塩と刻んだ肉を入れて火をおこした。常に混ぜながら煮立つのを待ち、あくを取る。その間にアリマは麺を打つ。小麦粉に水を入れて練り、丸めて棒で伸ばし、しばし風にさらす。それを食べやすい幅に切って鍋に入れ、一緒に煮込む。椀に盛ったら刻んだ葱《ねぎ》を散らして出来上がりだ。

手早く作られる料理の様子を、劉帆は興味深げに見ていた。

「はい、どうぞ」

「ありがとう。蓮花は姫君なのに手際がいいな」

大国の皇子として育った劉帆は、人が料理を作るところを見たこともなかったのだ。

しきりに感心して頷いているので、蓮花は少し笑ってしまった。

「姫って言ったって、八つある氏族の族長の娘よ。放牧もするし、料理もするわ」

「そうか。では俺は妃の手料理が食べられる、幸運な皇子ということだ。うん、うまい」

塩のみの味付けのあっさりした汁は、いくらでも食べられそうだった。

「草原では冬の前に羊を潰してね、それをこうして食べながら寒い冬をみんなで過ごすの。お年寄りの昔話を聞いたり、たまに客人が来たら珍しい話をねだったり」

蓮花はふっと叶狗璃留《トゥグリル》に残してきた弟妹のことを思い出していた。一番下の弟は三歳。そろそろ馬の扱いを覚え始める頃だ。幼いから、大きくなったら自分の顔は思い出せないだろう、と考えると少し寂しい。

「蓮花、いつか叶狗璃留《トゥグリル》にまた行こう」

故郷を思う蓮花の気持ちを察したのか、劉帆はそんなことを口にした。

「劉帆……そんなこと、出来るの？」

「ああ、ふたつの国の和平の使者として、蓮花の家族に会いに行こう。皇太子になればきっと出来る」

その言葉に、蓮花は夢想した。自分たちが大使として叶狗璃留《トゥグリル》を訪れ、長じた蓮花の弟妹が旺を訪れる、そんな風景を。

「さぁ、洗い物してお風呂の準備しなきゃ、と」

だけど今はそんな夢の前にやることがある。この南頌で行われていたと思われる江一族の不正の疑惑を明らかにするのだ。昼間、蓮花と劉帆は手分けをして、その証拠を集めている。

中でも二人を唖然とさせたのは、貧民救済や災害の時のための穀倉が空《から》になっていた件だった。それはもしもの時のために民から集めたものだ、とこの寺の住職が証言してくれた。

「馬鹿な。帳簿上では備蓄していても、倉が空《から》ならすぐにばれるぞ」

それを聞いた劉帆はそう呟いて唇を噛んだ。それだけ汚職が横行していたということなのだろう。この県の知事も、その上の府の知事もみんな江一族の縁者である。訴え出たところで揉み消されるのが落ち。出世の道は閉ざされ、下手をすれば殺される。

「劉帆、お湯の用意が出来たからさっぱりしてきたら？」

難しい顔をしている劉帆に、蓮花が明るく声をかける。

「難局こそ、しっかり食べて寝るのが肝心！　さ、行ってきて」

「……ああ」

劉帆はここに来て蓮花の明るさに助けられていた。あの草原に住む民族特有のあっけらかんとした大らかさのおかげだろうか。言われた通りに劉帆は汗を流してさっぱりすると、床についてさっさと寝ることにした。

「……」

すっと寝付いた劉帆とは対照的に、蓮花は胸をドキドキさせていた。この庵《いおり》は本当に小さくて、寝ている部屋は一緒。すぐそこに劉帆の寝息が聞こえるのだ。

「落ち着いて……夫婦なのよ」

そんなわけで、ここに来てから蓮花の寝付きはいつもいまいちだった。

翌日、さっと朝の仕度と朝食を済ませ、三人はいそいそと準備を始めた。

まずは昨日、市場で買ってきた小麦の粉を劉帆が運んでくる。それを大鉢にどさっと入れ、水、ごま油、塩を加える。アリマがそれを手早く練っていく。やがて生地はなめらかにまとまっていった。

「たぶんこんな感じだと思います」

切り分けた生地を伸ばして、ねじりながら形成する。蓮花と劉帆もそれをお手本に生地をねじっていった。

その作業の合間にアリマは鍋に油を熱した。

「生地を持ってきてください」

そしてそれを油で揚げる。こんがりときつね色になったそれを鍋から取り出して、奮発して買った砂糖を惜しみなくたっぷりとまぶす。

「出来た！　美味しそう」

「たいしたもんだな、アリマは。一度食べただけの菓子を作れるなんて」

「そんな……うふふ」

褒められたアリマは恥ずかしそうに頬を覆う。その横で、出来たて熱々の揚げ菓子に蓮花の目は釘付けだ。

「ねぇねぇ、味見してみましょうよ、みんな！」

「そうだな」

目の前には揚げたてのねじり菓子。これを食べないという選択肢はないだろう。おのおの、その黄金色の菓子をつまみ上げ、ぱくっと口にする。さくさく、香ばしい美味しさが口いっぱいに広がった。

「うまい！」

「あっ、劉帆。そんなに食べたらなくなっちゃう」

もうひとつ、もうひとつと食べ始めた劉帆の手を、蓮花は慌てて止めた。

「これはお世話になってるみんなに配るんだから！」

「すまん……つい」

蓮花たちはさっそく山を下りて、それを村の子供たちに分け与えた。子供たちは夢中になってお菓子を頬張っている。

「ありがとうございます。お妃さま」

お菓子を貰った子供の母たちが、蓮花と劉帆を囲んだ。

「いやいや、こちらこそ。お野菜も貰っちゃって」

ここの村の皆は、水害の時に蓮花たちの顔を知っている。

「そんな、わたしらこそご恩返し出来て光栄なんです。何しろ、芝居や歌にもなったあのお妃様のお役に立てるのですから」

「あはは……それは忘れてもらいたいわ」

蓮花たちがこの地を離れた後、やたらと蓮花たちを女神の生まれ変わりだとか褒め称える小説や芝居が、このあたりでは流行《はや》っていたのだった。

「それより、例の件は何か分かりましたか？」

「はぁ、ここから三つ隣の村まで聞きに行きました。やはり、堤防は何も工事をしていないそうで」

村人たちがもたらしてくれるのは野菜などのお裾分けだけではなかった。付近の村の情報や役人の横暴な振る舞いなど、色々なことを教えてくれる。

「ありがとう！」

蓮花と劉帆は新たな情報を得ると村を離れ、寺へと戻ってきた。

「堤の普請に年間百両は国から出ているはずだ。それもあいつらが懐に入れていたか」

劉帆は矢立を手にすると、帳面にそれらを書き付けた。そこにはこの村に来てから聞き取った、不正、汚職の証言が書き連ねてある。

「おかえりなさいませ」

山門をくぐると、住職が丁度掃き掃除をしているところだった。

「ご苦労様です。住職さん。よかったら、お菓子を作ったのでどうぞ」

「ああ、これは美味しそうですね。どうですか、暮らしに何か不便はありませんか」

住職は菓子を受け取ると、心配そうに二人に聞いた。村人には詳しい事情は話していないが、この住職には今まであったことを説明していた。

何かあれば役人が来て、住職も罪に問われるかもしれない。それを承知で彼は寺に蓮花たちを受け入れてくれているのだった。

「いえ、十分です。大変感謝しています」

蓮花は気持ちを込めてそう答えた。ここにいられなければ、当て所《あど》ない逃亡生活をするしかなかったのだから。

「そうですか。殿下には水害で畑を失った農家の税の軽減も提言していただいたと聞いております。こちらもご恩返し出来て嬉しい限りです。それから、その……」

住職はきょろきょろとあたりを見回して、声を潜めた。

「こちらをお受け取りください。当寺の縁者からお耳に入れたいことがあると」

「ああ」

渡されたのは何かの書簡だった。それは劉帆が受け取り、菓子を入れていた籠にしまい込んだ。

「何かしら、それ」

庵《いおり》に戻って、劉帆は書簡を開く。その内容に目を通すうちに、劉帆の表情は厳しくなっていった。

「どうしたの？」

もしや悪い知らせだろうか、と蓮花は劉帆の顔を覗き込む。

「これは……江一族の反乱の証拠。府の知事宛の内情の報告書だ」

「反乱⁉」

「正確には私的な軍隊を集めている、だな。地方の豪族が軍備をすることはある。だが……この規模は……」

ごくり、と劉帆の喉が鳴る。

「禁軍の大軍に対抗出来る規模だ。軍備も、自衛や治安のためと言うにはあまりにも多すぎる。知事のやり方に疑問を持った側近からの手紙もある。必要ならば宮廷で証言もすると」

「それって、もしかして瑞王が皇太子に指名されなかったら反乱を起こすつもりだったということ⁉」

「そうだな……。民から得た税をこんなことに使うとは。想像以上に腐っている」

劉帆は顔を歪め、振り返って蓮花を見た。

「蓮花。帝都へ帰るぞ。機は熟した」

「ええ」

ついに反撃の時が来た。蓮花たちは、江一族の不正の証拠と共に荷物をまとめ、寺を後にすることになった。

「蓮花、そろそろ行くぞ」

「うん……」

蓮花は、しばらく隠れて暮らした、寺の庵《いおり》を振り返って見つめている。短い間だったけれど、劉帆と一緒に眠り、家事をして暮らした場所。まるでままごとのようだったが楽しかった。もしかしたらこんな風に平凡な夫婦として暮らす道もあったのかもしれない、と思うと少し寂しくもある。

だけど……劉帆が旺の皇子でなければ、蓮花が叶狗璃留《トゥグリル》の姫でなければ二人は出会わなかった。

「行くわ。待って！」

こうして蓮花たちは南頌を後にした。

＊＊＊

瑞王は苛立ちを抑えられずにいた。頬杖をついて、卓を指先でせわしなく叩く。その様を見て、六皇子は密かに嘆息した。

「兄上、少し落ち着かれては」

「こんなところで落ち着くことなど出来るか！」

六皇子の言葉に、瑞王は怒りを爆発させて卓に拳を叩き付けた。茶碗が倒れ、お茶がこぼれる。慌てて片付けに来た女官を瑞王は蹴り飛ばした。

「兄上……」

二人はあの騒動以来、小さな宮殿にまとめて押し込められ、外出を禁止されていた。宮が狭くて質素なのも苛立ちの原因のひとつではあるのだが、それ以上に瑞王を怒らせていたのは、毎日のように役人が来て、玉璽《ぎょくじ》のありかを知らないか聞いてくるということだった。

瑞王、いや江一族の機嫌を損ねたくないという態度をありありと示しながら、形ばかりの聞き取りをしていく。それは、皇帝の疑惑がこちらに向いているということだ。

「……まったく」

玉璽《ぎょくじ》ならば、顕王の宮殿に隠したのだ。そして、それが発見され、奴は獄舎に入れられるはずだった。だというのに何故かいくら探させても玉璽《ぎょくじ》が出てくることはなかった。今となっては本当に玉璽《ぎょくじ》がどこに行ったのかなんて瑞王にも分からない。

しかし、玉璽《ぎょくじ》がないとなれば皇帝の威信に関わる。時間が経てば経つほど彼らは追い詰められていくのだった。

「それにしても顕王とその妃はどこに行ったのだ」

「どこぞに逃げたのでしょう」

六皇子はそう吐き捨てるように言ったが、瑞王はそうとは思えなかった。自分たちを木に吊るした後、そのまま宮殿に戻ることも出来たのだ。嫌な予感がする。瑞王は頭を抱えたくなった。

その予感は、一人の使者によって現実となった。

「失礼いたします。瑞王殿下、辰王殿下。皇帝のお召しです。至急、正殿にお越しください」

「く……」

皇帝からの呼び出しを無視するにもいかず、二人は渋々正殿に向かった。

「拝謁いたします。瑞王、辰王共に参上いたしました」

皇子たちは皇帝の前に跪《ひざまず》いた。

「顔を上げよ」

いつになく重たい皇帝の声が二人の上に降ってきた。恐る恐る顔を上げると、厳しい目つきで皇帝が見下ろしている。

「何事でしょうか……」

冷や汗をかきながら、瑞王が声を絞り出すと、皇帝の叱責の声が飛んだ。

「黙れ、この痴《し》れ者が！」

二人は再び頭《こうべ》を垂れた。その視界の端に母である江貴妃の姿が見えた。彼女も顔を真っ青にして床に這いつくばっている。

「そなたら、朕を謀《たばか》ったな」

「そ、そのようなこと……」

震える声が正殿の広間に空《むな》しく響いた。

「ではこれはなんだ。どれもこれも江一族の不正な蓄財や職務放棄、臣民に対する横暴などが記されている」

皇帝は机の上に山積みになった書き付けや書簡に手を置いた。

「そ、それは……何かの間違いでは」

「黙れ！　すでに調べは付いているのだ。非常用の穀倉は空《から》、公庫の数字も合わない、不正は明らかだがなんとする」

「あ……」

誰がそんなものを。瑞王は目眩がした。だが、このままではまずい、弁明をしなくてはならない、ともつれる舌でどうにか声を絞り出す。

「大変申し訳ありません。血族でありながら目が行き届きませんでした……」

駆け寄ってきた江貴妃も、床に伏して陳情する。

「陛下、どうかご容赦を。瑞王はこの件には関わっておりませぬ。一族の失態はわたくしの不徳の致すところではございますが」

「江貴妃。朕はお前に失望した。あれだけ目をかけてやったというのに、それを仇《あだ》で返すとは」

「そ、そのような……そのようなつもりはございませぬ……」

江貴妃と瑞王は額を床にこすりつけ、皇帝に許しを請うた。こうなればただ、この嵐を忍び、皇帝の怒りをやり過ごすしかないと。しかし彼らの前に吹いたのはさらなる大風だった。

「その方ら、南の地方に武器を蓄えておろう」

「は……」

冷たい汗が一筋、瑞王のこめかみを流れていく。

「……この書簡の内容によると、その規模は謀反を疑わざるを得ない。さらに人員を集め訓練も施しているというが。これは朕への逆意ではないのか！」

そんなことまで明るみになっている。一族の影響下にある土地で秘密裏に用意していた軍備の情報など、一体どこから。確かに、玉璽《ぎょくじ》の一件があっても皇帝が自分を皇太子に指名しないというのなら、最後の手段と思ってあの地方の軍備を厚くさせはした。だが……瑞王は震える拳をぎゅっと握りしめた。

「……陛下、確かに行きすぎた軍備であったかもしれません。ですが、謀反の意など我らにはありませぬ」

人は嘘をつく時、その嘘が大きいほどまず己を騙すのだ。瑞王にはもう皇帝を謀《たばか》っている意識などなかった。一族の不正は少々の行きすぎとし、軍を準備したことはただのやりすぎと過小評価した。だから見逃されるべきである、と。

「そんなわけはないでしょう」

そんな瑞王の背中から声がした。その声を瑞王が忘れるはずもない。皇子としての面目を丸潰れにし、この上ない恥辱を瑞王に与えたあの男。

「顕王……」

正殿の入り口から劉帆が入ってくる。その後ろを蓮花と栄淳が静かに付き従う。彼らは皇帝の前に跪《ひざまず》いた瑞王と江貴妃、六皇子の三人をまっすぐに見つめている。

「これは皇兄《あにうえ》、ご健勝で何より。ちゃんと木から下ろしてもらったんですね。……しかしこれはいただけません。皇帝は神にも等しい、尊いお方。そんなお方に反意を向けるとは」

「貴様……なんの証拠があって」

「これらは私とこの側近が三年かけて集めた証拠と、南頌で直近に集めた証言です。皇帝陛下の勅命によりすでに裏付けもとれております」

「ぐ……」

「それに、叛逆の意を示すものが……ほら」

そこに表より、大層慌てた様子の官吏が飛び込んできた。彼は高官であるが、髪はほつれ、その服の袖は濡れてひたひたと水を滴《したた》らせている。そのような見苦しい姿にもかかわらず、皇帝のいるこの正殿に駆け込んできたのにはわけがあった。

「へ、陛下……！」

それでも、はっと己の姿を振り返った彼は床に膝を突き、頭を床につけた。

「よい。面《おもて》を上げ、用件を申せ」

「は……ご命令通り、瑞王殿下の宮殿の池を捜索しましたところ……こ、こちらが」

男は震える手で、袖から布に包まれた塊を差し出した。布をめくると、龍の彫刻を施された四角い翡翠《ひすい》の姿。それこそが、この皇城から行方知れずとなった玉璽《ぎょくじ》であった。

「……やはりあったか」

皇帝の声音には失望の色があった。皇帝自身が江貴妃に寵愛を傾けた結果が、今日の前にある。そのために増長し、皇帝の威を借りて好き放題をしていた江一族。それをのさばらせていた責任は皇帝自身にもある。

「それはっ……この顗王の策略です！」

「申し開きはゆっくりと聞こう」

「そんな……陛下、陛下！」

皇帝が手を鳴らすと、衛兵たちが瑞王たちを取り囲んだ。彼らはそれでもなお自分たちに非はないと大声で喚いていたが、引きずられるようにして連れていかれて、正殿の扉は閉まった。

「……顗王、すまなかった」

「陛下」

しん、と静まり返った広間で皇帝がぽつりと漏らした謝罪の声に、事の次第を見守っていた劉帆は少し驚きながら振り返った。そして皇帝の前に跪《ひざまず》く。蓮花と栄淳もそれに倣《なら》った。

「廃墟となった宮で尋問され、挙げ句に拷問を受けたと聞いた。朕の目が行き届かず、すまなかった」

「いえ……すでに傷も完治しました。たいしたことはございません」

皇帝の勅命に携《たずさ》わった江一族の手の者によって、劉帆は必要以上のむごい扱いを受け、蓮花たちの訴えが握り潰されていた。

皇帝は、江一族が出ていった扉をじっと見つめて、ふうと大きなため息をついた後、劉帆たちに視線を戻した。

「貞彰……皇太子亡き後、朕が後継を決めずにいたのが、此度の騒動の発端だな。さて、顕王よ。そのことについては後日正式に言い渡すが……そなた、この旺の皇太子となれ。今のそなたならばきっと務まるであろう」

「は、謹んでお受けいたします」

劉帆の肩がピクリと動いたのを蓮花は見た。そして直後、劉帆は落ち着いた声で皇帝の言葉に答えた。

「……これで劉帆は皇太子に決まったってこと？」

正殿を出て、久々に自分たちの宮に帰ってきた蓮花はぼうっとした表情でそう呟いた。

「そうだよ、蓮花。この国では皇帝の言うことが絶対だ。正式な勅命の前に邪魔する者も、もういないしな」

　これから江一族は徹底的な追及を受けるだろう。勅命の前に何かする余裕はないはずだ。

「そのために三年間、不正の証拠を固めていたのね」

「そうだ」

　蓮花はあの正殿の間で初めて目にした、劉帆と栄淳が集めたという証拠の山を見て実は驚いていた。表向きは愚鈍な皇子を演じながら、こんなものまで揃えていたのかと、その苦労を思う。一方で、ひとつだけ蓮花には腑に落ちないことがあった。

「結局、あの玉璽《ぎょくじ》を盗んだのは瑞王だったのかしら」

　玉璽《ぎょくじ》は四皇子の宮にあった。だが、自分たちで盗み出したとはいえ、見つかれば大騒ぎになるものをあんな池に沈めておくだろうか。

「どうでしょうね」

　蓮花の呟きを聞いた栄淳がくるりと振り向いた。

「状況から言えば瑞王としか思えませんが。玉璽《ぎょくじ》を盗み出してうちの殿下の書斎に隠すなんて、いかにもやりそうじゃないですか」

「え、玉璽《ぎょくじ》って書斎にあったの⁉　で、なんで栄淳がそれを知っているのよ」

蓮花が驚いて大声を出すと、栄淳はしれっとした顔で答えた。

「私が見つけましたから。殿下の書斎のものの配置は私が熟知しています。誰にも触らせずに、いつも私が掃除してますので。ですから瑞王の宮の池に放り込んでおきました」

「そ……それっていいのかしら」

「身に覚えがあるからあれだけ焦っていたのでしょう」

「そうなんだけど……」

どうも納得のいかない気持ちが蓮花の中に残る。そんな蓮花の肩を劉帆は軽く叩いた。

「蓮花。これは皇太子の位を巡る戦だろう。戦っていうのは正しいか正しくないかじゃない。どう勝つか、が大切だ。それに……あのまま瑞王がこの国の皇太子に、そしていずれ皇帝になったらどうなると思う」

「それは……」

蓮花の脳裏に、劉帆を痛めつけて笑っていた瑞王の姿が蘇《よみがえ》った。

「駄目よ。あの人では駄目。そんなことになったらこの国の民は報われないわ」

「そう、これから平和で豊かな国をどう作るか、そちらの方が重要だ」

「そうね」

彼らは敗れたのだ。劉帆と蓮花はこれから次の段階に進む。彼らが自らの行いの報いを受けるのをいちいち気にしてはいられないのだ。

「よっし、そしたらお祝いしなきゃ！　叶狗璃留《トゥグリル》の祝杯と行きましょう！　羊を一頭潰すわよ。アリマ！　手伝って」

「は……はい！」

蓮花はアリマを連れて駆け出した。

「蓮花らしいな」

「……そうですね」

その後ろ姿を見送る劉帆の呟きに、栄淳は頷いた。

「彼女ならたとえ俺が道を逸れても、きっと正してくれるだろう」

「はい。私は地獄の底であっても殿下にお付き合いしますが。それだけではきっと大義は成せないと思います」

劉帆は栄淳らしい答えに笑った。そして栄淳のためにも、正道を行かねばならないとも思うのだった。

「何してるの？　羊の解体の仕方を教えるから来てよ！」

「あー、はいはい」

蓮花に呼ばれた二人は、一体いつ役に立つのか分からない解体の仕方を披露されるはめになった。

「……これでよし。ね、一滴も血をこぼさなかったでしょ。血も内臓も毛皮もぜーんぶ食べたり使ったりする。無駄なものはないの」

それは見事な手さばきだった。今なら羊を殺された時に、彼女たちが烈火のごとく怒っていたわけが分かる。彼女らにとって家畜は財産であり、生きる糧《かて》なのだ。

蓮花とアリマは使用人たちを呼んで、中庭にいつかのように簡易なかまどを作ると料理を始めた。丸焼きにしたり、塩ゆでにしたり、蒸し饅頭《まんじゅう》にしたりと羊は様々な料理に姿を変えた。

「それでは、乾杯！」

劉帆は杯を手にして声を上げた。だが周囲には躊躇《ためら》いの空気が広がっていた。

「さぁ、祝いの酒だ。ぐっと飲め！」

「殿下……。私たちまでいいのでしょうか」

蓮花とアリマに引きずってこられて、ここには警備の者以外、ほとんど全ての使用人が集まっている。

「ああ。いいんだ。いいか、聞け！　俺は今日皇帝陛下から皇太子になれとお言葉をいただいた。気楽な第五皇子の生活はこれが最後だ。だから思いっきり騒ぎたい。腹一杯食らって、酒を飲んで大騒ぎをするつもりだ。誰一人逃さないぞ」

劉帆は目の前の使用人に無理矢理酒を注ぐ。初めは面食らいながら飲んでいた彼らも、酒が回り始めるとあとはなし崩しになった。車座になってお喋りに花を咲かせ、あちこちから笑い声が溢れた。そして誰かがどこからか楽器を持ち出すと、皆歌い、そして踊る。

「よーし、私も」

蓮花は旺の曲に合わせて叶狗璃留《トゥグリル》の舞を踊った。座は大きく盛り上がり、手拍子が盛大に起こった。

「はぁ……」

ひとしきり踊った蓮花は、劉帆の隣に座り込んだ。

「上手かったな」

「ふふ、でもちょっと疲れちゃった」

そのまま後ろにばたりと倒れ、夜空を見た。秋風が頬を撫で、心地いい。

「厨房から、みんな勝手に食べ物をつまみに持ってきているけど、明日の朝ご飯残っているかしら……」

「ふふ、どうだろうな」

劉帆は蓮花ののんきな心配に微笑みながら、地面に手を突いてその顔を覗き込み、蓮花の頬にかかる髪をそっと払った。

「りゅ、劉帆……人が見てるわ」

蓮花は頬を染めて顔を背ける。劉帆はそんな彼女の顎を掴んで自分の方を向かせた。

「見てないよ」

そのまま覆い被さり、唇を重ねる。劉帆の唇は少しかさついて、乾いていた。

「……誰も見てない、ね？」

「う、うん」

蓮花は真っ赤になってこくこくと頷いた。そして、そうか満願叶ったのだからもう劉帆は願掛けなどしなくていいのだと気付く。

「続きは……即位の儀の後で」

「えっ⁉」

「だって蓮花は儀式の手順を間違えてしまうかもしれないし」

「そ、そんなことないわよ！　ちゃんと勉強するし」

蓮花はさっそく明日、柳老師の元に向かおうと決意した。

宴会は深夜まで続き、厨房にあるだけの酒を飲み干して、大いに酔って騒いだ皆は翌朝、二日酔いになった。

――その後、取り調べの結果、さらなる不正まで発覚し江一族は裁かれることとなった。これにより、四皇子瑞王は流罪、江貴妃と六皇子辰王は冷宮に生涯幽閉となった。

＊＊＊

あれから正式に劉帆を皇太子として任命する詔勅が出され、様々な準備の果てに即位の儀が今日行われる。

即位の日の早朝、蓮花はすっきりと目を覚ました。アリマが手に捧げ持つ盥《たらい》には洗顔用の水が入っている。そこには金木犀《きんもくせい》の花が浮かべられ、芳香を放っていた。

「特別な……朝ね」

「はい」

それから蓮花はアリマに導かれ、湯桶に体を浸《ひた》し、何人もの女官の手によって香油をすり込まれ、足先から手の先まで手入れをされる。

それから軽く朝食を取った後は、丁寧に丁寧に、髪をくしけずり髪を高く結い上げた。

「本日のご衣裳でございます」

蓮花の前に広げられているのは今日の儀式で着る衣裳だ。青く染められた絹地と深い緑の絹地を合わせ、金糸銀糸で豪華に鴛鴦《おしどり》や、幾重にも折り重なる蓮の花々などが華麗に刺繍されている。

「まるで、草原の初秋の空のようだわ」

「ええ、美しゅうございますね」

蓮花もアリマもしばしその衣裳に目を奪われていた。

「蓮花様、私……鳳凰《ほうおう》が燃える夢を見たのです」

「そんなこと、前も言ってなかったかしら」

「そうですか？　とにかく続きがあるんです。その鳳凰《ほうおう》の体は燃えて、消し炭の中から再び新しい鳳凰《ほうおう》が生まれたのです。もしかしてこの日のことを、蓮花様のことを暗示していたのかな、と」

「だったらいいわね」

蓮花はそう答えながら、再び衣裳に目を移した。

晴れやかな二人の前途を示すように、空は澄み渡る晴れ模様だった。

蓮花は今日のための晴れ着に袖を通し、最後の一本の簪《かんざし》が髪に挿されると、すっと立ち上がった。

「兄様……今日は一緒にいてね」

そう声をかけつつ身支度の最後に、蓮花はバヤルの白銀の狼の毛皮を身につけた。

「蓮花、準備は出来たか」

「ええ」

劉帆の声に振り返る。彼も揃いの青い晴れ着に身を包み、金毛の毛皮を身につけていた。蓮花の母が、故郷を思い出すようにと渡してくれたものだ。それはこの白銀の毛皮と番《つがい》のもの。今日の日にふさわしい品だと蓮花は思った。

「劉帆皇太子殿下、斗武南《トムナム》皇太子妃のおなりです」

儀式を終え、二人は正殿の表から外に出る。そこには臣下たちがずらりと並び、頭《こうべ》を垂れている。

「殿下、妃殿下。この度《たび》はご即位誠におめでとうございます！」

「おめでとうございます！」

麗《うるわ》しく聡明な皇太子とその妃の誕生を喜ぶ、轟《とどろ》く祝福の声。蓮花は単純に嬉しいというよりも、さらに背筋が伸びるような気持ちになった。

「蓮花」

「……なに？」

そんな蓮花に劉帆は囁きかけてくる。

「とうとう、ここまで来たな」

「ええ」

二人はじっと前を向き、視線と笑顔を崩さぬままで言葉を交わした。

「蓮花がいたからだ。……ありがとう」

「こちらこそ……兄様はきっと喜んでくれていると思う」

蓮花はそっと首元の毛皮に触れる。

「それはまだだよ、蓮花。俺たちがこれから成すものを蓮花の兄上には見てもらわないと。俺たちはここで終わらない。もっともっと遠くまで行くんだ。民が平和に暮らせる国を作る。今までよりももっと険しい道だ」

そう言って劉帆は遠くを見た。その目は正面の広場よりもずっと遠くを見つめている。この国全体を。そして叶狗璃留《トウグリル》を含むその周辺の国との和平まで。

「いいわよ。望むところよ、劉帆。あなたがどこに行こうとも、私はその横を駆けるわ」

そう答えて劉帆をちらっと見上げると、彼と目が合った。そして互いにふっと微笑み、共に蒼穹の空を見上げた。

# 番外編　無窮の天

叶狗璃留《トゥグリル》に雨の降る日は滅多にない。乾燥した大地。大きな木も生えないそこには広大な草原が広がっている。そんな土地に住む人々は厳しい自然に耐え、家畜と共に草原を移動して生きていた。

「あっ……！　来た」

その日、大人に命じられて道の向こうをじっと見張っていた子供は、遠くに蟻《あり》のように見える隊列を見つけ、足下で遊んでいた子犬を懐に押し込んで転がるようにして集落へと戻った。

「父ちゃん、母ちゃん。姫様たちが帰ってきた……！」

「何、本当か」

「族長を呼べ！」

大人たちはバタバタと天幕から飛び出すと、シドゥルグを呼びに走った。

「落ち着け、お前たち」

おろおろとする周りの者を蹴散らすようにしながらシドゥルグは集落の入り口に向かう。

「迎えの準備はいいな」

「はいっ」


一方、蓮花は馬車の中で高鳴る胸を押さえながらふう、と深く息を吐いた。

「緊張するわ、劉帆」

「慣れ親しんだ故郷ではないか」

「そうなんだけど……どんな顔をしていいか分からないのよ」

蓮花と劉帆は今、旺の使節団として叶狗璃留《トゥグリル》を訪問するために向かっている。

劉帆が皇太子となり、忙しく日々を過ごす中、皇帝が公務として命じたのである。

「いつかはまた叶狗璃留《トゥグリル》に来たいとは思っていたけど、こんなに早く実現するとは思っていなくて。陛下は私に配慮してくれたのかしら」

「それもあるだろうが、改めて叶狗璃留《トゥグリル》との関係を見直したいとお考えなのだろう。なんせ、皇太子妃の出身国となったのだから」

江貴妃や四皇子らの反乱未遂の件があってから、皇帝は少し変わった、と劉帆は感じていた。以前よりも執務に身が入っているように見える。それはまた、江貴妃の縁者が一掃された宮廷の影響も大きいだろう。

「……ちゃんと皇太子妃の顔が出来るかしら」

「出来るさ。今までだって出来ていたよ」

蓮花は皇太子妃となった後も、さらに勉強して知識を得て、皇太后や皇后に教えを請うて振る舞いを洗練させるよう努力を重ねていた。

「蓮花は堂々としていればいい。……さ、着いたぞ」

ギッと音を立てて馬車が止まり、蓮花は恐る恐る馬車を降りた。もう二度と踏むことはないと思っていた叶狗璃留《トゥグリル》の地。その土を蓮花は踏みしめた。

「さあ、みんなが待っている」

先に降りた劉帆の手を取って、蓮花は集落へと向かった。

集落の入り口にはほとんど全ての住民が集まり、さらに八氏族の有力者が勢揃いして並んでいる。その先頭に、蓮花の父、斗武南《トムナム》氏の族長シドゥルグがいた。

隊列に掲げられたるは旺の旗、護衛に騎兵に歩兵を百人ばかり引き連れてくるのをじっと見守っている。

「皇太子殿下、並びにお妃様のご到着です」

先触れの声に、劉帆と蓮花は一歩前へと進んだ。

「旺の使節として参りました。旺と叶狗璃留《トゥグリル》の二国の和平のためにこの地に参れたこと、嬉しく思います」

以前この地に来た時は、挨拶もそこそこに酒盛りに行ってしまった劉帆だ。皇太子として恥ずかしくない振る舞いを見て、シドゥルグははてさてどう思ったのか。表情の乏しい彼の顔から窺うことは出来なかったが、この挨拶に彼は深く頭を下げ、答えた。

「皇太子殿下、はるばる当地までお越しいただきありがとうございました。どうか実りあるご滞在となりますよう、こちらもご期待に応えたいと存じます」

「うむ」

その間、蓮花はじっと父の姿を見ていた。体が大きく、寡黙で慎重な父。だけど子供たちには愛情深く、優しい。その父の姿を久々に見て、蓮花は声を上げて駆け寄りたかった。だが、立場上それは出来ない。じっとその場で微笑んでいるばかりである。

「では逗留いただく天幕にご案内いたします」

結局、蓮花は一言も父と口を利くことなく天幕へと移動した。

「蓮花様、奶茶《おちゃ》でございます」

天幕の中で人目がなくなって、ようやく蓮花がほっとしたところにアリマがお茶を持ってきた。

「ああ……やっぱり美味しいわね」

お茶の味まで懐かしく、蓮花はしみじみとそれを啜《すす》った。

「やはり旺で飲まれているのとは茶葉がちょっと違うようですね。貰って帰らなければ」

「そうしましょう」

蓮花は茶器を机の上に置くと、ぐーんと伸びをした。

「着替えるわ。こんな格好で旅をして肩がこっちゃった」

蓮花は重苦しい盛装を脱ぎ、いつもの服に着替えた。

「旺の服は少しこちらでは寒いわね」

「こちらの毛織物の羽織をどうぞ」

「ありがとう。さて……こちらはもういいからアリマは家族のところに行ってらっしゃい」

蓮花がそう言うと、アリマは驚いて大きく首を横に振った。

「そんな、いけません」

「女官は他にもいるもの。それに次、ここにいつ来られるか分からないのよ。私は大丈夫だから」

アリマは常日頃からよく仕えてくれている。家族に会って息抜きをしてほしいと思ったのだ。

「は、はい！　ありがとうございます」

アリマは嬉しそうにしながら天幕を出ていった。

「それでは私は劉帆の様子でも見てこようかしら」

蓮花は隣の天幕にいる夫のところに行こうかと椅子から立ち上がろうとした。その時、表から何やら言い争う声が聞こえる。

「離せって！」

「ならぬ！」

表で衛兵と誰かが揉めているようである。

とっさのことで身を守るものは何もない。仕方なく蓮花は簪《かんざし》を髪から引き抜いて構えながら天幕の扉を開いた。

「……姉様、僕だよ」

そう言って壁の隙間から現れたのは――

「アルタン‼」

それは蓮花の弟、アルタンだった。もう十一になる。蓮花が嫁《とつ》いでいった日から
ぐっと背は伸びたものの、その顔立ちは変わらない。

「何をしているの！」

「もちろん姉様に会いに来たのさ。なのにこいつらったら僕を追い払おうとする
んだ」

のんきな弟の様子に蓮花は頭が痛くなった。

「アルタン、旺ではたとえ肉親であっても後宮の外の人間とは簡単には会えない
のよ」

「そんなの知らないよ。僕は姉様に会いたかったんだ」

「式典を待ちなさい」

「そこで姉様と話せるのは大人だけだよ」

「まったく……相変わらずやんちゃなのね」

三男のアルタンは小さい頃から落ち着きなく動き回る子で、その上頑固なのだった。

こうと決めたらてこでも動かない。

「そしたら皇太子の天幕に行きましょう。紹介するわ」

劉帆の天幕でなら旺から随行している者たちの目も厳しくないだろうと判断し、蓮花はアルタンを連れて隣の天幕へと移った。

「劉帆、ちょっといい？」

「ああ、なんだ？　……その子は？」

天幕の中に入ってきた蓮花の後ろに張り付くようにしている少年を見て、劉帆は首を傾げた。

「私の二番目の弟なの。ほら、アルタン挨拶して」

「……アルタンです」

ぼそっと呟き頭を下げた弟の姿を見て、蓮花はその頭をはたく。

「こらっ、あんたは礼儀を身につけなさい！」

「痛い！」

非難がましい顔で見上げてくるアルタンを蓮花は睨みつけた。

「まぁまぁ。アルタン、俺は旺の皇太子劉帆だ。さあ中へ」

劉帆は天幕の奥に二人を招き入れると、栄淳に命じて茶と菓子を持ってこさせた。

「ほら、旺の宮廷菓子だ」

「うまっ」

菓子を口にしたアルタンの顔がぱっと輝く。それを見て劉帆はにっこり微笑んだ。

「そうかそうか」

「あんまり甘やかさないで。もう、ありがとうくらい言いなさい」

「ありがとう……ございます」

「で、君は蓮花に会いに来たのか」

アルタンはこくんと頷いた。そして劉帆をじっと見て何か言いたげな顔をしている。

「あの……」

「なんだい」

「こ、皇太子殿下……。姉はお妃様をちゃんとやれているのでしょうか?」

その口から飛び出してきた質問に、劉帆はお茶を噴き出しそうになった。

「ちゃんとやれて……くくっ、やれていると思うが」

「そうですか。でも旺の宮廷は大きいし堅苦しいのでしょう?」

「そんなこと誰が言ったの」

「みんな言ってるよ。だから姉様は苦労しているって」

蓮花は頭が痛くなった。みんな遠くへ嫁《とつ》いでいった蓮花を案じていたのだろうが、よりにもよって劉帆の目の前で言うなんて。

「しょうがないじゃないか。誰も旺に行ったことないし、どんなところかも知らないんだ。心配なんだよ」

「あのね、アルタン。確かに旺は風習も違うし、考え方だって違うわ。苦労がないって言ったら嘘になる。だけどね、姉さんは皇太子のためならなんだって出来るの。どんな苦労でも平気。それにアルタンは姉さんがうんと強いと知っているでしょう？」

「うん」

アルタンはそれを聞いて頷き、とことこと劉帆の前に進み跪《ひざまず》いた。

「皇太子殿下、姉をよろしくお願いします。気の強いところもありますが、情の深い、優しい姉です」

「……ああ。最良の伴侶を得たと思っている。安心してくれ」

ここでようやくアルタンは満面の笑みを浮かべた。

「すいません、聞きたいことは聞けたので失礼します。……姉様もまたね！」

「あっ、アルタン！　滞在中にみんなの話を聞く時間も作るから！」

「うん！」

来た時も去る時も嵐のようなアルタンだった。

「ごめんなさい。まだ子供なの。大目に見て」

「いいさ。おかげでいいことが聞けた。蓮花が俺をどう思っているか分かったからね」

蓮花はアルタンに言い聞かせるためになんと口にしたのか思い返して赤面した。

「あっ、あれは……違うの」

「では嘘なのかい」

「そんなことないわ！」

慌てて言い返して顔を上げると、劉帆はにまにま笑ってこちらを見ている。

「俺も蓮花のためならなんだって出来るし、苦労だなんて思わないよ」

そのまま劉帆に抱き締められて、蓮花はむくれていたことなどどうでも良くなった。

その後、歓迎式典が行われた。叶狗璃留《トゥグリル》の旗が蒼天にはためき、八氏族の族長が勢揃いしている。

「式典も天幕で行われるんだな」

「そうよ。この天幕は特別なもので、旺の宮殿の正殿にあたるわ」

旺の官吏が捧げ持つ贈り物の数々と共に、二人は天幕の中に入った。

天幕の中は叶狗璃留《トゥグリル》の宝物や毛皮で飾りつけられている。床には上等の敷物、房飾りのついた毛織物の覆い布、そして大きく書の記された背丈ほどもある衝立など。それのいくつかはかつて打ち破った敵国の戦利品もである。

劉帆は、思った以上に立派なそれらの、荒々しくも不思議な調和を醸《かも》し出す調度に目を奪われた。

蓮花の父シドゥルグは天幕の中心に立ってこちらをじっと見ている。

「旺の皇太子劉帆、皇帝からの親書を携《たずさ》え参りました」

劉帆が皇帝からの手紙をシドゥルグに渡し、続いて官吏が贈り物を渡した。

「ありがとうございます。この叶狗璃留《トゥグリル》は北の要の地にあって、宗主国たる旺の盾だと自負しております。しかし、いまだ国としては新興。民草を富ませ幸せにするために旺から学ぶことは多いと思っております」

シドゥルグは頭を下げ、親書を受け取った。

「宴の準備をしております。叶狗璃留《トゥグリル》のもてなしをどうぞお受けください」

「はい、お互いの国の未来を語り、杯を交わしましょう」

劉帆は微笑み、シドゥルグも笑みを浮かべた。それを合図にご馳走の皿が天幕に運び込まれる。

「心のこもった饗応、誠に痛み入る。乾杯！」

劉帆は叶狗璃留《トゥグリル》の酒精の高い酒をぐっと飲み干した。八氏族の族長たちもそれに続き、杯を干す。

こんな日が来るなんて、と蓮花は感無量でその様子を見つめる。

旺の者も叶狗璃留《トゥグリル》の者も共に同じ皿を囲み、同じ酒を飲む。この二国のために、この時のことは決して無駄にはなりはすまいと思った。

次々と追加の料理の皿が運び込まれ、賑やかに話の弾む宴席。蓮花は劉帆の隣で微笑みながら、族長たちと劉帆が話に花を咲かせているのを聞いていた。しばらく経ち、そろそろお開きの時間になった頃、蓮花に酒を勧めてきたのは蓮花の母だった。

「皇太子妃様、どうぞ飲んでください」

「母様」

「ご健勝のようで何よりです」

他人行儀な言葉とは裏腹に、母は明るい微笑みを浮かべている。今は立場を考慮して振る舞ってはいるが、蓮花の帰りを誰よりも喜んでいてくれているのが見て取れた。

「お母様、私が旺に向かう時、どんな嫁《とつ》ぎ先でも苦労はあるものとおっしゃいましたね」

「ええ」

「その時思っていた苦労とは違いましたが、夫婦共に手を取り合い暮らしております」

あの時は旺と叶狗璃留《トゥグリル》の繋ぎ役として、我慢して愚かな夫と結婚生活を送らなければならないと思っていた。

実際は皇太子の位を得るために協力し、そしてその位を手にするまでに至った。

ただの皇子と皇太子とでは責任の重さが違う。そういう面ではやはり苦労はあるが蓮花はそれが嫌だと感じたことはなかった。

「苦労に種類があるとしたら……きっといい苦労です」

「そうですか。安心しました。遠いところに嫁《とつ》いだあなたですもの、簡単に手助けは出来ません。でも、いつも幸福を願っています」

「ありがとう……母様」

蓮花の目が感謝で潤みかけた途端、どっと大きな笑い声がした。

「……殿方たちは盛り上がっているようね」

劉帆と八氏族の族長たちは政治についてああでもないこうでもないと語り合ってい

る様子だ。

「あらあら、あんなに飲んで」

劉帆は進められるがまま杯を干している。叶狗璃留《トゥグリル》の男たちはとにかく酒を飲む。特に旅人や新入りを見つけると、何か話させては酒器を満たして飲ませるのだ。

「劉帆、いい飲みっぷりじゃない」

ここでは狩りの腕か酒か、もしくはその両方が強いのが男気の証明であり、実際女にもてる。だから蓮花も夫である劉帆の飲みっぷりはどこか誇らしくもあったのだが。

「でも、劉帆ってあんなに飲んだっけ」

劉帆が酒に飲まれたところを蓮花は見たことがない。酒宴の席ではそこそこに飲んで、あとはニコニコしていたような気がする。

「ちょっと劉帆」

急に心配になって蓮花が立ち上がった瞬間、劉帆は杯を取り落とした。

「劉帆⁉」

「蓮花……」

劉帆は一言蓮花の名を呼ぶと、そのまま後ろに倒れた。

「あーっ⁉」

「いかん。皇太子殿を飲ませすぎた」

族長たちは慌てて劉帆を囲い、蓮花に頭を下げた。

「もう、ダメじゃない！」

こうして宴の席はお開きとなったのである。


「ん……」

「ああ、よかった。目を覚ましたのね」

頬にひんやりとしたものを感じて、劉帆は目を覚ました。視界に映るのは天幕の丸い天井。ひやりとしたのは蓮花の手だった。

「飲みすぎはダメよ。それでなくても族長たちは底なしなんだから」

「すまん……」

かさかさした声で答えると、蓮花は小さく笑って水を差し出した。

「これを飲んで。あと吐いてしまったから着替えましょう」

「そんな世話までかけてしまったか」

「いいのよ。それより気分はどう？」

これが旺の深窓の令嬢だったりしたら幻滅しただろうが、蓮花は子供の頃から飲みすぎの男どもの世話をしてきた。こんなことは朝飯前だ。

「まだ少しクラクラする」

「これ、アリマが作った飲みすぎの薬。とてもまずいけど飲んでね」

劉帆は蓮花に渡された茶色い液体を苦い顔をして飲む。そして寝間着に着替えると、いくらか気分がしゃんとしたようだ。

「もう寝てしまいなさい」

そう蓮花が言った瞬間、天幕の扉が叩かれた。

「誰だ」

「私です。シドゥルグです」

「お父様？」

蓮花が扉を開けると、そこにはシドゥルグが立っていた。どうやら様子を見に来たらしい。

「蓮花。皇太子殿下は大丈夫か？」

「ええ」

蓮花が応対していると、後ろから劉帆の声がした。

「蓮花、中に入ってもらえ」

「え？　ああ、はい。ではお父様、中へ」

蓮花が父を伴って中に戻ると、劉帆は長椅子に座っていた。

「見苦しい格好ですまない。シドゥルグ殿」

「いやいや、こちらこそ。こちらの年寄り連中が調子に乗って……」

「叶狗璃留《トゥグリル》人の酒の強さを見誤っていた。ははは」

劉帆は笑い飛ばしたが、シドゥルグはまだ項垂《うなだ》れていた。

「父様、大丈夫よ。私の旦那様は心が広いんだから」

「蓮花……」

「蓮花の言う通り。私は大丈夫。心配には及ばない」

「なら……いいのですが……」

シドゥルグはそう言って頭を掻いた。珍しいことに微笑んでいる。

「蓮花は良い人のところに嫁《とつ》いだようですな。それにまさか皇太子妃となって戻ってくるとは……実は心配しておりました」

「婚姻前に迎えに来た時、私はひどい態度だったからな」

「……旺に嫁《とつ》げと言ったのは私です。遠く見知らぬ国で、それでも幸せに暮らしてほしいと願わない日はありませんでした」

「シドゥルグ殿」

劉帆は立ち上がり、シドゥルグの手を握った。

「蓮花は私が皇太子になるために尽力してくれた。宮廷での戦いを共に駆け抜けた戦友だとも思っている。そして……その強さを育《はぐく》んだのはこの叶狗璃留《トゥグリル》の大地とシドゥルグ殿だ。私は最高の伴侶を得られた」

「ちょっと劉帆……」

あまりに劉帆が手放しで褒めるもので、蓮花は恥ずかしくなってしまった。

「嬉しい言葉をいただき、光栄です」

「私は心より叶狗璃留《トゥグリル》との和平を望んでいる。明日の会談を楽しみにしている」

「はい、心して臨みます。では私はこれで」

天幕を出ていくシドゥルグに付いて、蓮花も一緒に外に出た。

大きな背中を前に、蓮花はどんな言葉をかけていいのか分からない。

「お父様、ありがとうございます」

そう言うのが精一杯だった。

「蓮花……リャンホワ。そなたはいずれ旺の皇后となり、国母となろう。その重責は私なぞには計り知れぬ。異国から来た妃だ。口さがない者もおろう。だが、皇太子殿下をよくお助けせよ。まず旺のことを第一に考えろ」

「お父様……？」

「たとえ両国に何があってもだ。大きな時の流れが来る時は来るのだ。その時は思い出せ」

「そんなことはさせません。この私がいる限り」

「……そうだな、忘れてくれ」

蓮花はそのまま夜の闇に消えていった父の後ろ姿をじっと見つめていた。

翌日、旺の使節である劉帆と蓮花、そして八氏族の代表たちとの会談が始まった。

「今日、ここで話し合われたことは必ず旺に持ち帰り対応する。直接意見が聞ける貴重な機会に、率直な意見交換が出来ることを望む」

「では叶狗璃留《トゥグリル》を代表し、斗武南《トムナム》氏の族長、シドゥルグが会を取り仕切る。まずは今二国間にある問題を明らかにしていきたいと思う」

劉帆とシドゥルグの言葉に拍手が起こった。シドゥルグが言うには、このような場が公《おおやけ》に設《もう》けられたのは叶狗璃留《トゥグリル》が旺と盟約を結び、旺の属国となって以来なのだという。蓮花はどのような話し合いになるのか、とこの場に立ち会って少し緊張をしていた。

ここには旺の言葉を解さない者もいるため、蓮花は通詞の役目も果たさなければならない。

そんな中、最初に問題提起したのはシドゥルグだった。

「皇太子殿下、私シドゥルグから要望が。叶狗璃留《トゥグリル》は旺に比べれば貧しい国です。国民の多くは遊牧や小規模な農家。素朴に暮らしております。一方で、職人や技師や商人は少ない。我々は旺の技術を覚え、商いをもっと活発にしたい。鉱物や宝石、珍味もあります。叶狗璃留《トゥグリル》の馬は名馬ぞろいですし」

その言葉を聞き、劉帆は頷いた。

「うむ……旺の政府から奨励すれば、そちらに商いを広げる者もいるだろうな。これは持ち帰り皇帝陛下に提言する」

無敵の騎馬軍団を率い、戦では負け知らずの叶狗璃留《トゥグリル》でも、多くの国民は貧しい。その暮らしぶりをなんとかしたいというのは八氏族の族長全ての願いだった。

「さあ、皆の者。何か申せ」

「ならばシドゥルグ殿。貿易について話したい」

ある族長が手を挙げて答えた。その言葉を、蓮花は劉帆に伝える。曰《いわ》く、旺との貿易は不平等だという。特にこの地で育たない小麦にかかっている関税が高すぎるせいで輸入量が増えないと彼は訴えた。

「それに貿易の手続きが複雑です。品目を絞ってもいいので簡素化をお願いしたい」

また別の族長がそう訴えた。

「我々はこのように考えているがどうか？」

シドゥルグは内容を訳した後、そう劉帆に問いかけた。

「関税については皇帝から段階的に引き下げるようにとの言葉を預かっている。貿易の簡素化についてもすぐに指示を出そう」

「おお……」

「ただし、そちらの費用で北の鉱山への貿易路の整備を行ってもらいたい。今の路では多くを運べず、また治安も悪い。それが商人の行き来の支障になっている」

「八氏族でその費用は用立てましょう」

シドゥルグの答えに反対の声は出なかった。貿易路は旺の商人だけでなく、叶狗璃《トゥグリ》留《ル》の民も使うからというのが大きい。シドゥルグは、このあたりを条件に出してくるのは上手い手だと感じた。

「では旺からの要求を述べよう。皇帝陛下は叶狗璃留《トウグリル》との軍事同盟の強化をお望みだ」

劉帆の言葉に族長たちは少しばかりどよめいた。

「それは……具体的にはどんなものか」

「今でも和平協定の上、北の防衛を担っている。これ以上どうしろと言うのか」

警戒心が、その言葉の端に浮かぶ。叶狗璃留《トウグリル》は北方の小国群に囲まれているような形で成り立っている。現在は均衡を保っていることから、闇雲に事を荒立てたくないと言う者もいる。

「現状、戦の兆候はない。だがもし、国が戦になれば味方となり共に戦ってほしい」

「なるほど、それはもっとも。だが旺が戦をしたとしてその味方をしても、旺の手柄になるのではこちらに旨味がない」

「支配地の分配もする」

族長たちは考え込んだ。土地が増えるのならば戦をする意味もある。が、後から旺にごねられるのは勘弁だと、心中では思っていた。

「それではあらかじめ具体的にどの都市を落としたらどちらのものになるのか決めるのが良いかと」

シドゥルグの言葉に劉帆は頷いた。落とし所としてはこのあたりであろう、とそれぞれが目配せをして頷き合う。

「それでは細かい取り決めは後日詰めよう。会談の内容としては以上でよいか」

劉帆が会を締めようと、参加者に声をかけた時だった。

「あの！　私からも」

まだ、大事なことを話していない。蓮花はつい席から立ち上がり発言した。

「……私からの提言がございます」

旺も叶狗璃留《トゥグリル》も女が政治の場で発言することはごくまれである。よって、蓮花の発言に露骨に眉《ひそ》を顰める者もいた。それでも蓮花はこれだけは話しておかなくてはならないと思い、口を開いた。

「貿易も軍事も、二国の繁栄のために大切なことです。ですが、さらに必要なものがまだ、足りません。それらを支える人間が肝心です」

蓮花の声が、静まり返った天幕に響く。その言葉を遮《さえぎ》る者はいなかった。

「両国の言葉を解し、考え方や風習を理解する。旺にあって叶狗璃留《トゥグリル》を思い、叶狗璃留《トゥグリル》にあって旺を思う。そんな人間を増やさなくてはなりません」

「……たとえば蓮花のような、か」

「そうです、皇太子殿下。私に続く者たちと、両国の和平を紡《つむ》いでいきたいのです。そのためには、留学制度を設《もう》けるべきだと思います」

「留学生か……」

「ええ、若い者が良いでしょう」

未来の若者に、和平の種をまく。技術や学問と共に、互いを理解する礎《いしずえ》が出来る。蓮花自体、後宮では未だに蛮族の者という誹《そし》りを受けることも多い。

「最初は旺への留学に限られるかもしれません。でもいずれは叶狗璃留《トゥグリル》への留学を希望する者も出てくるかと。私はそうした者を金銭的に支援したいと思います」

蓮花には妃としての手当が宮廷から出ている。宝石よりも絹織物よりも、その金を使って、蓮花はまずは叶狗璃留《トゥグリル》の若者を呼び寄せようと考えていた。

「妃はこう申している。どうだ」

「……畏《おそ》れながら」

シドゥルグが口を開いた。

「私の亡き息子……皇太子妃の兄は常々、留学制度を作ろうと働きかけておりました。その遺志を引き継ぐ意味でも、この申し出をありがたく受けたいと思います」

顔を上げたシドゥルグと蓮花の視線が合う。蓮花は父が自分の意図を汲んでくれたことが嬉しく、微笑み返した。

こうして旺と叶狗璃留《トゥグリル》、二国の繁栄を願い、会談は終了した。


「劉帆！　さあどの子がいい？」

この日は叶狗璃留《トゥグリル》から贈られる馬を選びに来ていた。

「どれもいい馬だ。蓮花が選んでくれよ。君の方が詳しい」

ここに並んでいるのは集落でも選りすぐりの馬だ。確かに劉帆の言う通りであるのだが、蓮花は劉帆に選んでほしかった。

「手伝いはするわ。でも自分で選んでよ」

「そうだなぁ」

劉帆があたりの馬を見回すと、後ろから声がした。

「よろしければ私も手伝います」

見れば、十代半ば頃の凛々しい眉をした少年がそこに立っている。

「あら！　ダムディン」

「お久しぶりです、お姉様」

それは蓮花の弟だった。側室の子で、腹違いだがアルタンの兄にあたる。叶狗璃留《トゥグリル》では母の生まれなどはそれほど重視されないので、みんな一緒に育ってきた。無鉄砲なアルタンと違い、物静かで穏やかな性格で、対のような兄弟だ。

「アルタンは？」

「途中まで一緒だったんですが、自分が一等いい馬を連れてくると言って飛び出していきました」

アルタンらしい行動である。蓮花は思わず噴き出してしまった。

「まったくあいつは……面倒ですから、その間に決めてしまいましょう」

「そうね」

「馬探しの後にお話ししたいこともありますし。皇太子殿下、どのような馬をお求めでしょうか。たとえば旅に適した馬もあれば、軍馬に適した馬もいます」

「で、あれば式典や行啓の際に乗るだろうから見栄えの良い馬だな」

「探してきます」

ダムディンは馬の群れを縫うようにして消えていった。

「こんな沢山の馬から目当ての馬が分かるものなのか？」

「ええ、世話をしていたら分かるわ」

蓮花もかつてはこの馬の群れにどんな馬がいるのか分かっていた。愛馬のソリルも生まれた時から目をつけて、きっと自分の馬にしてほしいと大人たちに強請《ねだ》って回っていたのを思い出す。

「お姉様！」

そこに芦毛の馬を駆ってやってきたのはアルタンだった。

「皇太子殿下に最高の馬を見つけました！　あれ？　兄様は？」

「馬を探しに行っているわ」

「そうですか。では先に僕の見つけた馬を見てください」

自信満々の顔をして、縄に括り付けた馬をアルタンは劉帆の前に連れてきた。

「まだ若い馬です。母馬の体も大きいので、この馬も大きくなるでしょう」

「それが私の乗るべき馬だと？」

「はい！　人の上に立つべき貴き方は大きな馬でなければ」

「ではダムディンが連れてきた馬と見比べて、どちらが良いか決めよう」

劉帆はそう言うと、栄淳に折りたたみの胡床を持ってこさせる。

「さあアルタン、腰かけよ。ダムディンが戻るまで、私の話し相手をしてくれ」

「は……はい」

アルタンは少し緊張した面持ちで、劉帆の向かいに座った。

「アルタンは旺という国をどう思う？」

「どう……ですか。叶狗璃留《トゥグリル》よりも大きな国だと思っています」

突然の質問に、アルタンは目を白黒させながらなんとかそう答える。そして、助けを求めるかのように蓮花の方をチラリと見た。

「アルタン。もっとちゃんと答えなさい。怖がらなくてもいいわ」

「叶狗璃留《トゥグリル》にはない建築や物作りの技術があって、文学も美術も栄えていて、この大陸で最も力を持っている国です。……でも実際はよく知りません」

困り果てたアルタンはそう言って気まずそうに頬を掻いた。

「でも、そなたは旺の言葉を話せるではないか」

「それは父上に言われて……旺の商人が来た時には役立ちますが」

シドゥルグは息子たちには旺の言葉と文字を勉強させていた。

「その商人と話してどう思う？」

「……偉そうで人を馬鹿にしていると感じます。すぐに代金を誤魔化そうとするので、言葉の分かる僕がついていないと」

そう言ってから少々まずいことを口にしてしまったのでは、とアルタンは押し黙った。そんな彼の様子を見て、劉帆はふっと笑う。その笑顔を見てアルタンの強張った顔がつられて緩んだ。

「そうか。それは申し訳ないことをした。だが、そういうことも互いを知らないから起こるのだ。私と蓮花は互いを知って本当の夫婦になれたよ」

「両国もそのようになれると？」

「そうだ。アルタンは賢いな」

劉帆はアルタンの頭をくしゃくしゃと撫でた。

「……ありがとうございます」

アルタンは照れながら、それでもまんざらでもないような顔をして袖口で口元を隠した。きっとその下はにやついているに違いない。

「お待たせしました！」

そこにダムディンが馬を連れてやって来た。

「あら、いい馬ね」

「そうでしょう、お姉様」

ダムディンが連れてきたのは青毛の馬だった。漆黒の肌はつやつやとして非常に美しい。

「この馬はどんな馬なのかな」

劉帆が問いかけると、ダムディンはその首元を撫でてやりつつ答えた。

「はい。見ての通り、どこも褐色のところがなく全身真っ黒です。黒曜石のように美しいと思います。体つきも均等で胸も厚いです。何よりこの馬の血統は性格が穏やかで、かつ臆病ではありません」

「なるほど、人前を歩くわけだから臆病では困るな」

「はい」

ダムディンの連れてきた馬と、アルタンの連れてきた馬。どちらも綺麗で立派な馬なことに代わりはなかった。

「それではその二頭を前に連れてきてくれ」

どきどきしながら待っている二人に、劉帆はそう命じた。二人がその通りにすると、劉帆は両方の馬に手を伸ばした。

するとアルタンの連れてきた方の馬が劉帆の袖口に噛みついた。

「あたたた！」

「こ、皇太子殿下⁉」

慌ててアルタンが馬と劉帆を引き離す。

「ははは……私はとても馬に嫌われるんだ。蓮花の馬にはいつもかじられている」

「なんてことを」

「というわけで、馬はダムディンの馬にしよう。ダムディン、細かいところまでよく気にかけて選んでくれた」

「はい、ありがとうございます」

ダムディンは手を合わせて、劉帆に感謝の意を伝えた。一方でアルタンは口にはしないものの不満そうな表情をしている。

「アルタン、そんな顔しないの」

「ははは、負けん気があって良い。アルタンは蓮花に似てるな」

「わっ、私はこんなにきかん坊じゃありません」

劉帆にそう言われて、蓮花は思わず苦虫を噛み潰したような顔をしてしまった。

「そんな風にからかうならもう帰るわよ」

そう、蓮花がこの場を切り上げようとした時である。

「あの！」

ほとんど怒鳴るような大声をアルタンが張り上げた。

「あの……」

だが勢いが良かったのは最初だけで、しぼむように声が小さくなる。

「アルタン、ほら言うんだろ」

「そうだけど兄様」

「いいから」

ダムディンは言いよどむ弟の背を叩いた。そうしてようやく覚悟が決まったのか、アルタンは劉帆と蓮花の前に一歩進み出た。

「僕は旺に行ってみたいです」

「アルタン、それって留学がしてみたいってこと？」

蓮花が問いかけると、アルタンはこくりと頷いた。

「さっき皇太子殿下に旺ってどんな国が聞かれただろ。僕は実際に旺を見てみたい。書物や人伝えではなく自分の目で見たいんだ」

そう言ってアルタンは劉帆の足下に跪《ひざまず》いた。

「殿下、どうか僕を旺に連れていってください」

アルタンが頭を下げると、ダムディンも続いて跪《ひざまず》き、叩頭した。

「私からもお願いします。アルタンはなんにでも首を突っ込んで、兄としてはハラハラすることもあります。でもそれは好奇心が強いからだと思うのです。アルタンならば沢山の知識を吸収して、良い人材になると信じています。私はこの叶狗璃留《トゥグリル》の氏族長を継ぎます。留学の知識をつけたアルタンと共に、両国を盛り立てたいと考えます」

「このことはシドゥルグ殿はご存じか？」

二人の嘆願を聞いて、劉帆は問いかけた。するとアルタンはこくこくと頷いて答えた。

「もちろんです。姉様が留学制度を作りたいと言っていたと、お父様が我々に教えてくれたのです」

アルタンの顔は真剣だ。決して冗談や思いつきで言っているようには思えなかった。だけど蓮花は手放しには喜べずにいた。

「アルタン、旺の暮らしは何もかも違うのよ。草原もないし、食べ物だって違う。きっと大変よ」

「お姉様だってそういう大変な思いをしてきたじゃないですか」

「私はいいのよ……私は……」

言いながら、蓮花は頭が痛くなってきた。こんなことが言いたいのではないのだ。

「蓮花、嬉しいことだな」

「劉帆……」

「蓮花の次に続こうという者だ。歓迎しようじゃないか」

「うん……」

蓮花はじわじわと込み上げてくる熱いものを抑え、アルタンとダムディンの肩を抱いた。

「ありがとう。でもすぐには無理よ。旺で受け入れる体制が出来たら呼ぶわ」

「はい！」

旺の都に宿舎と学び舎を作ろう。教師は柳老師にいい人材を聞いて……帰国しても忙しくなる、と蓮花は思った。

「ありがとう、二人とも」


それから会談や視察の予定をいくつかこなし、蓮花たちの帰国の日はあっという間にやって来た。

仕度を済ませ天幕を出た蓮花は、目の前の乾いた広い草原を目に焼き付けるように見つめる。ここに来ることはもう今生ではないかもしれない。だとしても、この色と匂いを決して忘れないようにと。

「蓮花」

そんな蓮花の気持ちを察したか、劉帆はその肩を抱き締めた。

「俺がいるよ」

「……うん、分かっているわ」

もう蓮花の居場所はこの劉帆の隣なのだ。蓮花は劉帆と共に天命に従い、旺と叶狗《トゥグ》璃留《リル》の未来を築いていく。

劉帆の胸にもたれかかり、蓮花は空を仰いだ。この空は途切れなく叶狗璃留《トゥグリル》と旺とを繋いでいる。蓮花は自分もこの無窮の天のようであろうと胸に刻み込んだ。

「さあ、帰りましょう」

「ああ」

蓮花と劉帆は、二人を待つ馬車に向かって歩き始めた。

参考文献

「相原先生の謎かけ中国語講座」相原茂著　講談社
「古代中国の24時間　秦漢時代の衣食住から性愛まで」柿沼陽平著　中公新書

# この剣で、後宮の闇を暴いてみせる。

刀術の道場を営む家に生まれた朱鈴苺《しゅりんめい》は、幼いころから剣の鍛錬に励んできた。ある日、「徳妃・林蘭玉《りんらんぎょく》の専属武官として仕えよ」と勅命が下る。しかも、なぜか男装して宦官として振舞わなければならないという。疑問に思っていた鈴苺だったが、幼馴染の皇帝・劉銀《りゅうぎん》から、近ごろ後宮を騒がせている女官行方不明事件の真相を追うために力を貸してくれと頼まれる。密命を受けた鈴苺は、林徳妃をはじめとした四夫人と交流を深める裏で、事件の真相を探りはじめるが——

定価:770円(10%税込み)　ISBN:978-4-434-35142-6

イラスト:沙月

秦 朱音
Akane Hata
砂漠の国の最恐姫
アラビアン後宮の仮寵姫と眠れぬ冷徹皇子
後宮で仮の寵姫生活始めます！
呪われた冷徹皇子を救えるのは私だけ――
秦 朱音
砂漠の国の最恐姫
後宮で仮の寵姫生活始めます！
神話と呪いが波乱を呼ぶ、
アラビアンラブファンタジー！
砂漠の国アザリムの豪商の娘・リズワナ。
女神のような美貌と称えられる彼女は、
その見た目からは想像できない一面を持っている。
実はリズワナには、数百年前に生きた
最恐の女戦士の記憶があるのだ。
彼女はひょんなことから第一皇子・アーキルに出会う。
リズワナは、実は不眠の呪いに苦しんでいるという彼を
眠らせることに成功。すると、彼の後宮に入るようにと
言われた!? なんと、リズワナは彼の呪いを解くことができる
「彼が前世で愛した相手」らしくて……。
想いが交錯するアラビアンラブファンタジー、開幕！

◉定価：770円（10%税込）　◉イラスト:雲屋ゆきお　ISBN:978-4-434-34833-4

アルファポリス第7回キャラ文芸大賞

**大賞受賞作！**

**秘密を抱えた妃の中華後宮ストーリー**

蝶の形の痣《あざ》がコンプレックスの蘭月《らんげつ》。
持ち前の化粧技術で痣を隠している蘭月は、
彼女を妬む兄によって後宮に入れられてしまう。
後宮では化粧によって悪女のようだと言われているが、
ある日、素顔を皇帝・漣龍《れんりゅう》に見られてしまった！
咄嗟に蘭月の侍女だと嘘をついたが、
そのせいで妃と侍女の二重生活が始まる。
二つの姿と化粧を駆使して
後宮の問題を解決していくうちに、
皇帝との距離が近づいていき……？
アルファポリス第7回キャラ文芸大賞大賞受賞作！

◉定価：770円（10%税込）　◉イラスト:カズアキ　ISBN:978-4-434-34989-8

# 皇帝陛下、お願いですから
# 私を追放してください！

冬賀国の“厄災姫”と遠ざけられ、兄姉からはもちろん父帝にすら蔑まれる李翠雨《りすいう》。つらい日々は春栄国の後宮に入ることで終わる……はずだったのに!?　なんと、翠雨が妃となった黎翔偉《そうしょうい》の顔は、前世で彼女を殺した男に瓜二つだった!　こんな男と関わるなんて、絶対にイヤ!追放を望む翠雨はやがて思惑通り、誰もが恐れる古狸宮に送られる。周囲の憐みの視線もなんのその、もふもふ自由生活を満喫していた翠雨だが、やがて前世の名前を知る黄泉の国からの使者が現れて――。

定価：770円（10%税込み）　978-4-434-34830-3

イラスト：宵マチ

# 身が朽ちるまで
# そばにいろ、俺の剣——

「今日から貴方の剣になります」後宮の誰もに恐れられている貴妃には、守り抜くべき秘密があった。それは彼女が貴妃ではなく、その侍女・孫灯《そんとう》灯《とう》であるということ。本物の貴妃は、二年前に不審死を遂げていた。その死に疑問を持ちながらも、彼女の遺児を守ることを優先してきた灯灯は、ある晩絶世の美男に出会う。なんと彼は病死したはずの皇兄・秦白禎《しんはくてい》で……!?　毒殺されかけたと言う彼に、貴妃も同じ毒を盛られた可能性を示され、灯灯は真実を明らかにするために彼と共に戦うことを決意し——

2巻 定価770円（10%税込）／1巻 定価726円（10%税込）

イラスト:雲屋ゆ

この作品に対する皆様のご意見・ご感想をお待ちしております。

おハガキ・お手紙は以下の宛先にお送りください。

【宛先】

〒150-6019 東京都渋谷区恵比寿 4-20-3 恵比寿ｶﾞｰﾃﾞﾝﾌﾟﾚｲｽﾀﾜｰ 19F
（株）アルファポリス　書籍感想係

メールフォームでのご意見・ご感想は右のＱＲコードから、
あるいは以下のワードで検索をかけてください。

アルファポリス　書籍の感想　検索

ご感想はこちらから

アルファポリス文庫

# 復讐《ふくしゅう》の狼姫《ろうき》、後宮《こうきゅう》を駆《か》ける

高井うしお（たかい うしお）


2025年 1月 31日初版発行

編　集－反田理美・森 順子
編集長－倉持真理
発行者－梶本雄介
発行所－株式会社アルファポリス
〒150-6019 東京都渋谷区恵比寿4-20-3 恵比寿ｶﾞｰﾃﾞﾝﾌﾟﾚｲｽﾀﾜｰ19F
TEL 03-6277-1601（営業）　03-6277-1602（編集）
URL https://www.alphapolis.co.jp/
発売元－株式会社星雲社（共同出版社・流通責任出版社）
〒112-0005 東京都文京区水道1-3-30
TEL 03-3868-3275
装丁イラスト－LOWRISE
装丁デザイン－AFTERGLOW
印刷－中央精版印刷株式会社

価格はカバーに表示されてあります。

落丁乱丁の場合はアルファポリスまでご連絡ください。

送料は小社負担でお取り替えします。




ISBN978-4-434-34990-4 C0193